我從未存在的時光

陳俊霖——著

目次

☆序幕

積雨雲緩緩翻湧，悠然漂浮於蒼穹，宛如油彩胡亂調出的黑墨。

天臺邊緣，一個西裝革履的男人小心將皮鞋往前探了探，視線也跟著挪到腳下。驀然間，呼嘯的風聲從樓下直衝而起，帶著城市的喧囂，將胸前那條領帶斜斜揚起。他退回半步，雙眸重重闔上，深感絕望。

男人身子晃晃悠悠，好半天才定下，痛思著為何走到了這步：要是時光能倒流，一切還能重來……但他知道那不可能。男人努力睜開眼，再次注視著腳下翻滾的紅塵。萬丈深淵之下，人流如織、車水馬龍，整個世界仍在有條不紊地運行，根本不會有人在意這個角落即將墜落的身影。這個世界，一切都將按部就班地繼續前進，什麼都不會改變。明天太陽照常升起，地球也不會停轉……那麼，自己為什麼在這個世界上存在呢？整整三十年，到底為了什麼，才一直活到現在？

人這輩子，又到底是為了什麼？

男人腦海早已混沌不清，卻仍舊希望在生命最後一刻得到神明的啟示。不過比起這個不著邊際的問題，他更清楚，再往前一步將粉身碎骨。

邁出的左腳雖懸停在半空，重心仍保持在右腳上。視線中，螻蟻一般的世界被自己踩在腳下，很快，他就將和面前那方天地融為一體。夢境中，他也曾多次站在樓頂邊緣，一腳踏空，驟然驚醒……可這一次，呼嘯的風聲，腳下穿梭的車輛不斷告訴自己：一切都是真的。

左腳已經懸空，身體的重心也被慢慢移至前方，可右腳仍本能地支撐著。整個過程，如同大魔術師克里斯・安吉爾（安琪兒）即將嘗試空中行走表演。

遺憾的是，表演失敗了。

☽第一章

江楠對父親的記憶是模糊的。那人的印象可能只停留在一歲，或許更早的時候。

當時意識還很朦朧……

樺木質地的音樂盒徐徐演奏，父親似乎在另一頭凝視自己。或許沉浸在理查・克萊德曼（克萊德門）的旋律中，又或是被芭蕾舞者的優雅身姿吸引，隔著音樂盒，對面臉頰的輪廓早已模糊不清。許多年過去，那段〈夢中的婚禮〉始終鐫刻在心中，而父親到底是誰、身在何處，對江楠來說反倒不在意。記憶中的小家只有她和母親相依為命，時光，則在不經意間悄悄流走。

關於父親的問題在很久前江楠好奇過。那是個夏天的傍晚，晚霞歸於沉寂，院子已被蟋蟀聲包圍，滲透進夜晚潮溼的空氣中。吃過晚飯，父母們紛紛牽著孩子來到這方天地。他們大多聚攏一起，互相交流著育兒方面的問題，孩子則三五成群，或追逐打鬧，或拉幫結派，亦或通過占領鞦韆、滑梯來宣誓自己的主權。只有江楠和媽媽默默坐在邊角的長凳上，那一隅，恍如世界的角落。

「為什麼就我沒有爸爸呢？」

這個問題江楠早先想過，但她始終模糊，爸爸似乎是個可有可無的角色。隨著一天天長大，上了幼稚園，與更多人發生了交集，她才逐漸意識到家庭中父親本該和母親享有的同等地位。江楠對既存事實向來曖昧，隱隱察覺這是個不能觸碰的禁忌。她有些遲疑，僵硬的脖子沒有扭向媽媽的方向，似乎連四目交接都無法嘗試。不過從餘光的罅隙中窺見，媽媽有些孱弱的身影在朦朧夜色中晃了晃，彷彿在逃避什麼。

「和媽媽生活在一起不好嗎？」

努力收拾情緒的媽媽聲線十分柔和，但顯得刻意，好奇心緊攫著江楠。

「幼稚園時老師說過，寶寶都是父母愛情的結晶，一個人是無法做到有江楠的。」

「我們是單親家庭。」

對幼小的江楠講，這個沉重的詞語並未令她觸動。她眨動眼睛，望向漫天繁星。

「江楠不懂，記得我是有爸爸的，好小的時候，那個人應該就是我爸爸吧……」江楠努力回憶，那朦朧的影子還在，「他現在在哪裡？」

媽媽對這個問題準備了很久，仍不知所措。她肩膀耷拉著，兩隻手掌分別垂落於膝蓋，手指已將牛仔褲的布料攥得緊緊。不過江楠顯然沒有察覺這些細微變化，只是面對媽媽的緘默，再沒勇氣追問。母女兩人就這麼僵僵坐著，直到院子裡最後一個孩子被父母擠在中間，牽回了家去。

回家後，江楠沒再提及此事，偏偏電視節目中一如往常播著男歡女愛、父嚴母慈的肥皂劇碼，令她感到頗不自在。江楠不止一次發現媽媽在偷偷拭淚，這在先前還未曾發生過。從那時起，江楠意識到，一切關於父親的東西，是個不能提及的祕密。

多年來，她從未產生責怪母親的想法，身為一個女人，媽媽已傾盡所有。而生父，或許他就是拋棄了她們母女，媽媽為了不讓自己傷心自卑而將痛苦深埋心底。或許曾經那個爸爸早重新組建了家庭，說不定身旁早已有了一個更可愛的女孩或男孩吧！這個世界上，相信不會有人不愛自己的孩子，既然他選擇離母女而去，或許也有什麼難言之隱……帶著種種猜想，江楠努力不讓這些事情給自己造成困擾，一切儘量向前看。因為母親常告訴她：「生活總得在樂觀中繼續，否則困難就會張牙舞爪地耀武揚威。」

遙遠的記憶越發模糊，過去的事情就顯得不再重要。

媽媽畢業於本市一所老牌重點大學。現在看來雖不是什麼了不起的文憑，但以當時那種條件，體制單位就職的她只要不得罪上級，在科室裡大都能慢慢混成主任。如果稍加努力，再往上走也不是什麼難事。可事業上，這個女人從未對升職加薪抱過期待，年近四十還只是個普通科員。平日，她上班雖從未遲到，但也絕不接受公司單位隔三差五加班的要求。時間一來到下午五點半，就自動切換到了家庭模式，先是去幼稚園接女兒，再牽著她在社區馬路對面的超市蹓躂。每次媽媽都會問江楠想吃什麼，等決定好了再搭配食材。和許多媽媽一樣，這個女人的殺價能力總讓江楠感到咋舌。有時，她們會蹲在水產前面望著漸漸不再吐泡的草魚，直到牠們被無情下架轉移至低價速售區。這是媽媽常用的辦法，能有效地節省開支，畢竟食物是用來果腹的，自然活不成，既然早晚都是一死，下鍋前被一刀拍在腦袋上反而更可憐。

自打江楠記事以來，母女倆就蝸居在這套兩室一廳的小房子裡。小小的屋子雖然溫馨，但看著一年又一年瘋長的房價，周邊拔地而起的建築，還是感嘆錯過了投資的好時機。不過縱然再來一次，相信也不會有任何閒錢支配，心中也就平衡不少。歸咎於左支右絀的經濟條件，從小江楠也沒有像其他孩子那樣上什麼興趣特長班。假期中，院子裡的小夥伴總是玩著玩著就忽然失去了聯繫，被父母送去學跳舞、學樂器、學唱歌……朋友們都紛紛擠進了另外一個圈子，高昂的學費卻令這個小家遙不可及。本來很早前媽媽就取得了駕照，但買車的錢從來就沒湊齊過，開車出去兜風的夢想也就擱置了下來，只能天天宅在家大眼瞪小眼。週末，兩人的娛樂消遣除了看看電視，就是外出逛商場。琳琅滿目的商店，吸引著母女倆的目光，或許只有不斷仰視，才能勉強跟上這個時代的步伐。每每穿梭於鱗次櫛比的店面，她倆時常發出讚嘆：「媽媽／江楠穿這件衣服肯定好看！」最後卻什麼都沒買，畢竟靠一個人那點可憐工資，光是應付生活都捉襟見肘。

媽媽沒什麼朋友，除了工作，每時每刻都和江楠待在一起。得益於陪伴，讓她從未感到過愛的缺失。在江楠眼裡，媽媽就是聰明、美麗、全能的代名詞，或許對於從未體會過父愛的她來說，心裡早已認為都有這樣一個媽媽了，還需要爸爸做什麼呢？一想到如果和其他同學一樣，還有另一個大人幫著她管天管地，反倒不自在。不過和媽媽一樣，江楠也沒什麼朋友，歸咎於早熟的心智，她在同齡人中總顯得另類。

有次在幼稚園，食堂供應的是兔子肉，她欣喜地告訴身邊的夥伴：「知道嗎？今天有兔子肉吃耶！」

「兔子……肉？」幾個小男生圍攏著她，小眼睛眨巴眨巴地表示不解，「兔子不是種小動物嗎……這明明就是吃的！」

「天真！」小江楠插著腰，頭上的小辮子貓尾巴似的飛著，「這是肉，兔子身上的肉！」

「你騙人！我見過小兔子，多可愛，怎麼可能去吃牠？這個……食物……有哪一點像小白兔啦？」一個留著西瓜頭的小男孩癟著嘴，試圖爭辯。

「傻瓜，肉就是從動物身上來的！沒有小白兔，你怎麼吃的肉？」

「那小白兔們都死了嗎……」西瓜頭的聲音明顯嗚咽起來。

「對啊！以前媽媽就跟我做過一頓……」小江楠十分神氣，繪聲繪色地描述自己如何打的下手，而此時身旁的小男孩們早已眼角噙淚，泣不成聲。

又一次，在聖誕節即將到來之際，幼稚園老師向坐成矩形的小朋友們提問：「去年的聖誕公公給你們送了些什麼禮物呢？今年又有什麼特別想得到的禮物嗎？」

帶著對未來的憧憬，大家爭先恐後地舉手發言，一個個背脊挺得老直。輪到江楠，她卻一臉不屑：「我家才不過洋節哩！聖誕老人也根本不存在，所有的禮物都是父母悄悄買來的。」

話音甫落，老師臉頰上的線條變得僵硬。

幾天後，班裡的小朋友紛紛前來報告。稱在檢查父母包包時，發現裡面裝的居然就是今年許願的禮物。他們告訴老師，原來一直受到了欺騙，聖誕老人就是假的。

此類瑣事發生過不少，以致江楠從小就被同學帶著異樣的眼光打量。在學校，江楠的成績不上不下，始終處於中等水準，沒什麼特殊才藝，也沒有不良嗜好，平凡得再普通不過。這樣的她，從沒讓媽媽感到過多麼驕傲，卻也不至於讓人操心。既不會幹出驚天壯舉，亦不曾闖下滔天大禍。不過江楠也遇到過煩惱，甚至被同學欺負。上五年級時，有次她揉著眼睛，委屈地哭訴，不料媽媽在聽到後直接告訴她：「如果別人欺負了妳，別憋著，打回去！忍讓只會使惡人得寸進尺，妳的所有不幸和痛苦不會得到任何人同情，只會讓別人看笑話，令討厭妳的人暗暗開心。」

江楠眨巴著眼睛，抿著嘴，淚水盈盈地點頭。第二天，她找到了那個比自己還高出半個頭的女生，沒有廢話，直接揪住了她的辮子，衝地上使勁一拽。對方猝不及防，摔倒在地，還未待她反應，江楠就順勢騎上去，迅速甩了一個耳光。伴隨著響亮的掌摑聲，周圍同學迅速聚攏、紛紛圍觀。

「這是我媽叫我還妳的！」

江楠大聲呵斥，彷彿給她帶來了力量。原以為那個女生會與自己拚個你死我活，可發現對方只坐在地上哇哇大哭，與想像的一番相去甚遠。更奇怪的是，平日那些唯她馬首是瞻的同學不僅沒有人上前幫忙，反而哈哈大笑。大家拍著手，整齊地喊著「愛哭貓」、「鼻涕蟲」。許久，老師姍姍來遲。

媽媽被請到了辦公室。在她對面，張老師翹著二郎腿，一副頤指氣使的樣子。江楠心不在焉，別過腦袋望向窗外，蟬鳴聲震耳欲聾，充斥著整個夏天。

「同學們瘋瘋鬧鬧很正常，妳說孩子昨天被人家欺負，當家長的應該正確引導，跟孩子樹立個良好的榜樣，怎麼能任由她打架呢！」

「是我管教不當，給大家添麻煩了。」媽媽雙手局促置於腰間，微微低著頭，顯得頗為誠懇。

「本來小孩互相打鬧開玩笑就是家常便飯，我們大人可不能讓矛盾進一步擴大，要通過正常方式溝通解決才是。」

「您說得很對，這事主要是我的責任。」

「還好沒鬧到校領導那裡，否則我真不知道如何交代。」

「那您看……」

「這次就算了，下不為例！」

「謝謝張老師，我回去一定好好批評她！」

媽媽再次向張老師鞠了一躬，旋即瞪了江楠一眼，讓她感到委屈。那個女生向來橫行霸道，即便跟張老師報告，她也一副不以為然的樣子，還落得個「向老師告狀」的壞名聲，被不少同學孤立。

從辦公室出來的江楠有些鬱悶。她努了努嘴，倏然發現媽媽牽起了自己的右手。

「幹得好！」

江楠連忙抬頭看向媽媽。這個女人此時目光平視，似乎沒在對自己說話，不過剛才的聲音確實是從那個方向傳來的。此時遠方的夕陽已將媽媽籠罩其中，身影顯得神聖。餘暉中，那張側臉線條帶著若隱若現的緋紅色，彷彿透露著一股執著與堅毅。

「想吃點什麼嗎？」

「啊？」剛剛低下頭的江楠再一次確認這就是她發出的聲音。

「今天發工資了，我們去嚐嚐上次那家牛排吧！」媽媽忽然提議。

「真的嗎！」江楠肚子條件反射般地咕咕直叫，簡直就要跳起，又想到什麼，「好像活動昨天已經結束，都不打折了。」

「想吃嗎？」

「想倒是想，可……」

「那就走！」媽媽語氣斬釘截鐵。

「可是為什麼，偏偏今天……」

江楠又將目光望向媽媽。那個女人沒有解釋，但回應她的那個眼神印證了剛才的判斷。

那句「幹得好」不是錯覺。

那家牛排店開在母女倆常常光顧的商場，位於一樓的東南角。還未靠近，彷彿就嗅到了烤得嘶嘶作響的肉香味。第一次走進心心念念的店面，口腹大開的她直咽口水。小時候，媽媽雖然為她做過一回，味道卻不敢恭維。這個女人在中餐上雖無所不能，但西式餐點卻是個軟肋。基於此，讓每次吃到正宗牛排的江楠都欣喜若狂。

江楠在歡娛間不斷調整拿刀姿勢，似乎又忘記了該如何分配雙手握持刀叉，迫不及待的她早已口中生津。

「應該是右手拿刀，不過沒必要糾結這些，怎麼高興就怎麼吃，這個又不考試。」媽媽邊說邊用右手拿起餐刀，並將握把往餐桌上扣了扣。

江楠衝媽媽扮了一個鬼臉，迅速將脊背肉切成小塊，連著軟筋，用叉子送入嘴裡，揚起的小腦袋發出了滿意的嗯嗯聲。

就是這個味道！

「我考試也不差好嗎？」江楠不忘反駁，「人家這次考試可是科科都及格的喲！」

「我家江楠對自己要求可真高呢，居然都及格了！」媽媽上揚的魚尾紋帶著一絲難得的俏皮。

「討厭，好不容易吃點大餐，別提這些行嗎？」江楠將眼睛享受般地瞇了起來，似乎正調動全身的味蕾。

「難道平時媽媽給妳做的就不是大餐啦？」

「哈哈，那不一樣嘛！」

「哼，肯定是妳在嫌棄！」媽媽拉下臉，故作生氣。

「哪有哪有，媽媽做的才是最好吃的！」江楠將隨餐配送的紅酒杯有模有樣地端起，「切絲（cheers），慶祝我把那個討厭的傢伙成功『修理』！」

媽媽並沒有急於糾正江楠蹩腳的發音，在她看來，小孩子就應該有小孩子的童真，也知道江楠根本就對功課沒有任何興趣，強逼反倒容易逆反。同時，她更清楚像這樣的家庭無法為女兒未來提供更多保障與幫助。既然將來總歸見識到現實的殘酷，倒不如忘掉「起跑線」，還孩子一個快樂的童年。就像今天這頓牛排，正是放棄了向張老師包紅包送禮省下的。當然，其他家長大多諱莫如深，有的卻美其名稱作束脩。

「切絲！」

她模仿著江楠的口音，跟著一起舉杯。兩人哈哈大笑，舉動不禁引來了鄰桌一對情侶異樣的目光。

「還要慶祝江楠這次期末全部及格了！」

「這叫文武雙全，哈哈！」江楠興致高漲，不禁連剛才吃進去的肉沫都飛濺了出來。

兩人說說笑笑，大快朵頤時，一縷光束從江楠眼眸前一劃而過，很快溜到了遠處。她衝落地窗外看去，那是商場在傍晚高峰時段推出的展演秀，原來今天登臺的是一家婚紗贊助商。五光十色的燈束正不斷交叉揮動，一個個模特兒神采飛揚地身披雪白拖地婚紗，在閃亮的舞臺上優雅漫步。

「哇，那些阿姨們穿的是什麼衣服啊？怎麼從沒在商店裡看過，好漂亮啊！」江楠兩眼放光，將小臉緊緊貼在玻璃上。

「那是婚紗，每個女人在結婚時都要穿的……」媽媽望著那個方向，眼角的細紋回到了原先的弧度，眸光深如往常。

「婚紗……原來就是這個樣子的……」江楠回憶起了那些電視裡的畫面，恍然大悟，「媽媽也穿過嗎？」

「當然穿過。」

「那得多漂亮啊！」江楠露出了羨慕的神色，「我也會穿嗎？」

「會呀！今後江楠也會披上神聖的婚紗，牽起另一個人的手，步入婚姻的殿堂。」她望著眼前那個孩子，一時瞧出了神。那張眸子，簡直和當年自己一模一樣。

江楠並未察覺，視線繼續鎖定著那個方向，再也沒有離開。一切顯得那樣高貴典雅，彷彿將時間靜止……直到一個帶著花紋的瓷盤子從天而降，落在額上，發出清脆的聲響。

嘭！

天旋地轉間，江楠已癱倒在媽媽懷中。她感覺額處冰冰涼涼，而媽媽臂彎處霎時已如被紅墨水染過一般。

恍惚時，江楠視線內欺近兩個人影，從身形上看好像是一個中年女人帶著一個孩子。不過這時，他們模糊的身影已被一側眼眶滲出的血漬染成了猩紅色。

「喲，還跑這裡消費來了？」對面中年女人陰陽怪氣，「還挺有錢！」

江楠頭疼欲裂，不明所以，可更令她感到奇怪的卻是母親剛才還充滿溫度的手心現已涼如冰沁。這個女人雖然死死護著自己，卻發出一陣哆嗦。

「哎喲，是砸到誰了嗎？挺疼吧！」

媽媽只用眼神直視著對面那女人。

「要動手妳衝我來，小孩子是無辜的！」

「我老公呢？他就活該嗎！」

媽媽一下噤了聲。

「哼，怎麼，現在啞巴啦？說話呀！」

「妳幹嘛！」江楠雖然雲裡霧裡，卻已按捺不住內心的憤怒。她忍著疼痛將媽媽掙脫，用手將眼眶處的血漬隨意抹去，昂著頭，衝中年女人怒目而視。

「妳幹嘛砸我，今天妳不道歉不能走！」

「我道歉？」中年女人用異樣的眼光掠過江楠，看了看她身後的媽媽。

「看我媽幹嘛，說妳呢！再不道歉我們就報警了！」

中年女人與江楠四目相對，點了點頭。與之同時，身後的媽媽絕望地閉上了雙眼。

中年女人緩緩開口：

「你爸爸是個殺人犯，他害死了我的老公！」

☼第二章

伴著難以言說的快感，一股熱流如脫韁野馬般失去了控制，從某處噴湧而出。

緩緩睜眼，視線中一片昏暗，不過肖默依然清楚自己正躺在床上。

似乎從上個月起，就出現了好幾次……糟糕！

惺忪的睡眼帶著一絲惶惑，肖默瞥見窗邊被風裹挾的窗簾已然帶上了毛邊，泛起微微的白暈。他試探著挪動臀部，下體瞬間襲來一陣潮溼，不禁一臉嫌惡，再次驗證了剛才不好的預感。雖然天還沒亮，父母尚在熟睡，但肖默早已沒了睏意，遲疑再三還是決定趁鬧鐘敲響前抓緊收拾。他皺著眉頭，隱隱察覺內褲裡早已充盈著黏稠的液體，稍有不慎，床單和被套就將難以倖免。思忖至此，肖默屏住了呼吸，將被子緩緩掀開。伴著一絲涼意，他笨拙地移動胯部靠向床沿，成功著地後，迅速穿上拖鞋，方才鬆了一口氣。平日再簡單不過的動作在此刻難度陡增，他不禁聯想到前日新聞中，那個高位截癱卻仍堅持生活自理的青年。

才清晨六點左右，天剛濛濛亮，屋內一片岑寂。離開臥室的肖默打了一個尿噤，小心翼翼地經過了父母的臥室。門縫中，二老仍在熟睡，本該放下的忐忑卻躥升起另一股莫名的擔憂。

幾年前，他看過一部電影叫《楚門的世界》。故事講述了主人翁是個平凡不過的上班族，有天他突然發現自己竟是一檔風靡全球的真人秀主角。原來看似平凡無奇的生活都是經過了悉心安排，平日自己的一言一行，從小到大的成長瑣事竟悉數暴露在十幾億觀眾面前，以供他們消遣取樂。荒誕的劇情令肖默印象深刻，他不時將床單掀起，將窗簾撈開，檢查角落隱蔽處是否裝有錄影機，自然一無所獲。不過他依舊帶著深深的恐懼和幻想，認為身邊大家都在觀察自己，天天生活在一起的父母是不是節目組安排的？是自己真正的父母嗎？而周圍與其接觸的人是否提前經過了彩排？隱約中，他們都像是在偷偷觀察自己，目的顯然是為了將自己任何一點細節不斷放大，公諸於眾。當然，隨著年齡增長，他慢慢打消了這種可笑的想法，不過仍對那萬分之一抱有不安。萬一自己真就是那個主人翁，那麼今天發生的一切將在十幾億觀眾面前毫髮畢現，成為他們在忍受了頭十年極其無聊節目後最具看點的一期了。

來到浴室，才徹底宣告安全。從這裡距離父母臥室隔著廚房、餐廳和一條狹長的走廊，只要將門關上，他倆就絕對不會察覺這邊的動靜。他從幻想中回到現實，迅速褪去內褲，將下身使勁沖洗。滑膩膩的觸感讓交替搓向襠部的雙手感到不適，他不時抬手將那些東西湊到眼前細細觀察，如同電影《異形》中那怪物巢穴裡噁心的黏液。

為什麼會發生這種事呢？

肖默試圖回憶：半夢半醒間，好像一個豐腴的身體蹭在了身上，現在還能勾勒出對方的輪廓和曲線，然後還在那片「地帶」發生了什麼，最後一衝動……

一股神祕的力量驟然牽引著肖默的括約肌，瞬間就沿著會陰部傳向了前列腺，他感到下體再次發出一陣莫名地抽搐。

對，就是這種感覺！

肖默恍然大悟，一股罪惡感躥升而起，絕不能讓父母知道在他們兒子身上居然發生了這麼齷齪的事！

「小默！你在廁所做什麼？」

門外傳來一陣急促地敲門，是媽媽的聲音。

「啊……我，沒做什麼啊！」肖默強作鎮定，可連自己都覺得語調明顯帶著慌亂。

「沒做什麼是在做什麼，今天怎麼起這麼早呢？」雖還有一門之隔，但那個聲音近在眼前，如同對他進行著審訊，媽媽視線似乎早已透過毛玻璃，將自己的罪行暴露在光天化日之下。

理智還是戰勝了恐懼，肖默意識到媽媽畢竟身在門外，不禁慶幸已提前將門鎖上，充當了最後一塊遮羞布。若照平日她的性格，早奪門而入，光想想那一幕，他就恨不得將頭死死塞進馬桶裡面再也不要拔出來。肖默連忙從換洗衣簍中把前幾天脫下未洗的短褲套上，旋即打開了門。他清楚越遲疑，往往就越可疑。

「這條短褲穿了好幾天，醒了發現時間還早，就洗了。」肖默回到盥洗臺前，迅速將頭埋下，沖洗著那條短褲的敏感部位。他迎著還未發熱的自來水柱，雙手用力揉搓，想將此時的尷尬洗刷殆盡。

「不都是媽媽幫你洗嗎？」

肖默沒有回頭，但仍能感到背後那道視線：「這不你們還沒起嘛，反正醒了，就自己洗了！」他不自覺提高了音調，此刻若媽媽再多囉嗦幾句，感覺就要不打自招。他捏著內褲，十指緊緊纏在一起，指甲就要嵌進肉裡。所幸背後那個聲音拖著長長的哈欠離去，末了留下一句：「趕緊來吃早餐。」

在父母面前，肖默向來不擅撒謊，但凡有一絲隱瞞，都無法掩蓋渾身散發出的種種不自然，不免讓人瞧出端倪。所以打小他就必須遠離那些喜歡幹「壞事」的熊孩子，同時也好奇那些傢伙是怎麼做到的。他們在回家後，總可以向父母編出一套又一套天衣無縫的說辭，更驚詫的是，在面對質問時還能臉不紅心不跳，顯得淡定沉著。說謊，顯然是一種與生俱來的天賦，讓人嫉妒。當然，還有一種解釋，即自己就是剛才提到的那個主角，一切環節都是圍繞著他做了壞事後能否誠實而設定。生活在一起的父母都是早已知道真相的工作人員，他倆的耳朵中被植入了微型耳麥，不斷按照某個房間中導播的指示，將他玩弄於鼓掌之間，並測試自己的反應。

父親肖赫步入餐廳時，肖默不自覺地正了正身子。歸咎於自己賴床的習慣，總不免被他一番語重心長地教育，所以無論平日還是週末，都得七點準時起床。肖默雖想大聲抱怨：「週末睡個懶覺而已，有什麼大不了！」但父親說的每一句話都是正確且無法反駁的。雖然他個子不高，卻有著如山一般的地位和權威，望著他臉頰上那一道道皺紋，無形中都帶著不容抗拒的威嚴，讓肖默放棄了反抗。

不過是同在一個屋簷下的父親，自己又到底在反抗什麼呢？

「早！」肖默望向父親問候著，語氣彷彿在提醒：今天我起得還算早吧！

「嗯，早！」肖赫回答，聲音如同悶雷。只見他身著深褐色睡衣，與沙發傢俱的顏色融為一體，如同在宣誓無處不在的主權。而母親則已將早餐從廚房端出，誘人的美味中和著父子二人獨處的壓抑氛圍。

「老公，趕緊把東西吃了！別老在那裡看報紙。」

「唔。」肖赫微皺的眉頭慢慢鬆弛，將面前的報紙輕輕收攏，撇了眼桌子，又再次展開，「好，馬上！」

今天擺在他們面前的是瘦肉粥、麵包、水果沙拉、雞蛋和牛奶。家裡的一日三餐向來都是媽媽負責，每天攝取什麼，都講求均衡營養和科學搭配。肖默拾起餐勺，把奶油均勻塗抹在麵包上，直到快將第一片麵包吃完，父親才意猶未盡地將報紙放下，嘴裡唸唸有詞：

「美國又開始打貿易戰了，經濟形勢堪憂啊……」他邊說邊將目光轉向眼前的兒子，「學習上得好好用功，也不知今後的就業形勢會怎樣。」

「嗯。」肖默早就做好了被耳提面命的準備，他含著溫吞的牛奶將起司快速咽下，「昨天我當選我們班的數學科代表了。」

「小默最棒了，是咱們的驕傲！」媽媽一旁眉飛色舞，旋即將頭轉向一家之主，「是吧，老公！」

「嗯，不錯，還算沒讓人失望。」肖赫臉上嚴肅的表情有所緩和，眼神夾雜著一絲欣慰，「但可別驕傲自滿，謙虛才使人進步。」

「知道了。」

「話說也不能拘泥於功課……」肖赫表情倏地又凝聚起來，「沒事時也該多看看新聞，豐富一下課餘時間。」

「嗯，知道了。」肖默點點頭。

「比如今天，你既然已經起床了，就應該充分利用時間，像我這樣多看下報紙，瞭解更多的時事動態對你只會有好處，你看爸爸每天可是爭分奪秒在——」

「老公，」媽媽一旁打斷，開起了玩笑，「瞧你大清早怎麼就把在學校那一套搬出來了？還好咱家兒子不是你的學生，要不然可有罪受了！」

「什麼叫我在學校那一套？」隔著厚厚的眼鏡，肖默都能感受到父親的眉頭如田埂般隆了起來，他語氣擲地有聲，卻平穩如水，似乎在對待一個嚴肅的學術問題，「這孩子要是我學生，哪才在年級裡排到十名之外？」

「是，是，那是自然，也不看看多少高材生是咱家肖教授一手帶出來的？」媽媽眯著眼睛打起圓場，「不過這學習任務也是個長期過程吧？現在就該先吃早餐。你瞧你，要看報紙也得先把東西吃完了不是？健康才是最重要的嘛！」

在這個女人看來，學習工作都是次要的，身體才是革命的本錢。打著這個旗號，平日在家裡她總能以柔克剛，扮演好好先生的角色。此時父親被她這麼一捧，眉宇漸次舒緩，也沒再張嘴，發出了一聲滿意的「哼」。

趁著父母在那你來我往，肖默迅速吃完早餐，默默將殘羹剩飯收拾到了洗碗槽，旋即溜到門邊：

「我上學去了！」

「嗯，好。」

「兒子再見，注意安全！」

大門被不輕不重的力量帶上。

媽媽回過頭，望著繼續手拿報紙的肖赫，無奈地搖搖頭。

「平時咱兒子也不是常看報紙嘛？哪有你說得這麼不爭氣。」她趁兒子不在，辯解起來。

「我還不清楚他都看些什麼……」話音間，肖赫將其中一版報紙攤開鋪到餐桌上，用指關節敲了敲。那個版面，韓日世界盃巴西奪冠的報導占了整整一頁。

她吐了吐舌頭：「踢球不好嗎？愛運動個子才能長得高啊！」

「妳看看妳，每次總跑來唱反調。」肖赫將話鋒一轉，眼睛卻繼續盯著展開來的報紙，「養不教父之過——」

「教不嚴，師之惰嘛！」她接過話，欠身靠在了丈夫的背上，順勢將雙手交叉繞過他的脖子，柔聲應道，「你呀，總這麼嚴肅，明明咱兒子上學的地方和你學校同在一個方向，當爹的也不關心送送？」

「這妳就不懂了——」

「我懂……跟你開玩笑呢！才上初中你就要求他自己上放學，是為了不讓他在同學面前有優越感，養成攀比的習慣。不過你現在天天除了鞭策他，也該好好陪陪咱們兒子……」

「對兒子我是嚴格了點……」話音間，這個男人已將右手抬起，握住了脖間那雙纖細的手，「往後我會注意的，不過妳也得理解我這番良苦用心。」

「其實咱們兒子啊，都已經長大了，說不定早已有自己的思想了！你呀，別老像管四、五歲的小孩那樣。」

「我還真希望他趕緊長大，也犯不著這麼操心他的學習。昨天他不說在溫習功課嗎？中途我進去時發現他根本是在偷偷看些——」

「我不是這個意思。」她笑咪咪地打斷丈夫，清了清嗓子，變得鄭重其事，「我剛才的意思是，今天早上發現咱們的兒子……已經長大了！」

肖赫回頭衝她望了望，赫然明白了，嚴肅的神色逐漸緩和。

「當年你在國外研修了整整一年，回來時兒子都快一歲了。我看書上說這段時間的親子關係錯過了得花點心思才能彌補回來。」

「我懂妳意思……其實這個家，妳比我更稱職。」肖赫仰頭輕輕嘆道，「記得那年我在國外，妳說兒子發高燒燒到四十度，還不斷抽搐，可嚇壞了我。當時一看時間，還是咱們這邊的凌晨，可把我急壞了！」

「孩子嘛，一燒一個長……還好那次有驚無險！」

「咦，對了，當時我記得是那天晚上是朋友幫咱們孩子送去醫院急診的吧……我記得他叫江……」

「江華。」

「對，好像是你們單位的同事？」

「是啊，多虧了他。」

「對，這個人出國前我挺有印象的……高高大大……我記得妳說那週他還特意請了假，天天送咱們孩子去醫院輸液……欸，怎麼我回國後就沒見過他……沒來往了？」

「死了。」

「死了?!」

「嗯，就那一年死的……」

⌛ ⌛ ⌛

「肖默？肖默！」

驚醒間，肖默察覺一旁有人正不斷拍打自己，正是同桌的侯得星。只見這個男生緊繃著臉，不斷擠著眉毛，將眼睛使勁抵向講臺方向。

「肖默！你聽到沒有，來回答這個問題！」

講臺上的黃老師拿著板擦衝黑板上拍了拍，一時粉屑飛揚，發出刺耳的聲響。眼前黑板上堆積著密密麻麻的板書，平日再熟悉不過的內容今天有如天書一般，大腦感到一陣暈眩。

「問題……是什麼？」

驀然，整間教室的空氣被扯得七零八落，哄笑聲瞬間將屋內填得滿滿當當。

黃老師有些慍怒，凌厲的目光衝躁動的地方掃去，聲響很快被壓了下來。待平復後，他瞅向僵直身子的肖默直搖頭，神色頗為失望：「科代表得有個科代表的樣子，帶頭作用就是這麼個帶法？學習可不能驕傲自滿，謙虛才使人進步……」

短短幾句話，讓肖默耳膜一陣轟鳴，感覺被訓斥了好久，不過除了最後一句似曾相識外，其他都沒去注意。在得到示意後，他才緩緩坐下，頓時覺得自己就像隻扒光羽毛的孔雀被丟在人群，吸引了所有稀奇的目光。想到這裡，肖默將頭埋得更緊了，企圖阻擋外界的嘲笑，目光不經意掃過課本，卻發現今天連小明的眼神都帶著一絲睥睨。

不會吧?!肖默竟然被老師批評了？

哈哈，精彩精彩，平日的「三好學生」居然也有今天！

快看，快看！他臉都紅了！

上課開小差（發呆），搞不好在想什麼不健康的東西，原來他是這種人！

肖默像是能看穿別人內心一般，滿腦子都充斥著周圍同學的冷嘲熱諷，彷彿大家都對這一刻期待已久，能夠親眼目睹自己的狼狽與失敗。不過，旁人根本感受不到他的尷尬，同學們至始至終都繼續跟著黃老師的思路，只留下肖默獨自鼓動著內心的掙扎。

「今天你這是中邪了？」

下課後，侯得星將臉湊了過來。這個男生留著厚厚的劉海，渾身上下一股啫喱水（髮膠）的味道，多半受到了香港電影《古惑仔》的影響，校服故意只拉到一半，上身的開襟垮向肩膀兩側，顯得痞氣十足。

「還不是怪你！」無處發洩的肖默狠狠瞪了他一眼，可又覺得這事也不光彩，遂壓低了聲音，「昨天給我那些亂七八糟的東西！」

肖默指的是昨天那幾本鄰國的成人漫畫，侯得星趁下課時硬塞在了自己書包裡，臨走時還不忘露出一個極具猥瑣的表情：好東西！伴隨著獵奇與罪惡感，肖默偷偷在房間裡翻閱著那些讓人面紅耳赤的畫面，直到父親突然闖入，才馬上收起。而當晚做的那些亂七八糟的夢多半也是受了那些漫畫的影響。

「怎麼？你看啦——」侯得星戲謔著，眼神透出一副「我已經知道了」的表情。

「我……我可沒看，要看你自己看！」肖默在慌忙中提高了音調。

「唔——哦！真的嗎？」

「我就瞥了一眼封面！」明明被一語道中，肖默卻羞憤難當，聲音的分貝如同衝整個世界宣布，「誰看過誰就是孫子！」

周圍同學被紛紛吸引，齊刷刷地將視線聚攏過來。侯得星察覺不妙，趕緊埋頭將聲音壓得低低：「你瘋啦！」他連忙打著圓場，「得得得，沒看就沒看！」

「哼！」肖默白了他一眼，嵬然不動。

侯得星倒是天生的厚臉皮，陪著笑：「知道知道，雖然肖兄出淤泥而不染，但我的書好歹是借給你了，外邊找我借的可多啦！作為交換，下次作業可得讓我抄抄！」

「稀罕那些破玩意兒，今天忘家裡了，明天就還你！」

「別別別，書不用還，算我的錯！」侯得星臉色一變，「你看我這幾天功課實在跟不上了，你就這樣見死不救？」

「老師讓你和我坐一起是為了你的成績能進步，你上課不是畫畫就是看足球雜誌，成天左一口羅納爾多（羅納度），右一句貝克漢姆（貝克漢）……就這麼進步的？」肖默開始拔高姿態。

「那可不是！」侯得星繼續插科打諢，「以前我是連作業都不交，現在還想著按時交作業，這難道不是進步嗎？上課不是說『量變才能引起質變』，我這不還在量變嘛！拿足球來說，雖然咱們這次世界盃三場皆負，未積一分，淨吞九彈，但國足這次能成功進去就是量變，就是進步，咱們也要用發展的眼光看事物啊！」

「得得得！」肖默知道這傢伙又開始耍起了嘴皮子，連忙打斷，「按你這個發展思路，二〇〇六年世界盃我們就能小組出線啊！」

「還別不信，這次就是時運不濟，同小組的巴西可是冠軍，土耳其那是季軍，這才是名副其實的『死亡之組』，你找誰說理去？」

「照這麼分析，咱們國足和世界一流強隊的差距也就只隔個『哥斯達黎加』（哥斯大黎加）了。」

「那可不！要不是第一場比賽孫繼海受傷下場……哥斯達黎加那個犯規絕對是故意的！」侯得星鼓著眼睛，臉拉得比馬還長，誇張的表情讓人差點就信了，「雖然西方列強勝之不武，但咱們也輸得起！正所謂失敗乃成功之母，不扯遠了，兩年後的亞洲盃，我們絕對是保二爭一的水準！」

看著唾沫星子直濺的侯得星，肖默無奈搖了搖頭，拿出作業本：「可不是讓你抄的。」

「那是，那是！」好容易換來的機會，侯得星間不容髮地應和，「我怎麼會犯照『抄』這種低級錯誤呢？都是得先有個思路，再發散開來嘛！」

「這還差不多，要是被黃老師發現把我一起連累，可饒不了你！」

「好了，好了，我就一個屁股，打爛誰負責？不過話說那『雞蛋黃』也真差勁！」

「誰？」

「『雞蛋黃』，黃老師啊！那天我可記下了，等真考上高中，看我不當面要他煎雞蛋給我吃！」

「誰叫你在數學課本上亂塗亂畫？」肖默這才想起侯得星上個月在課堂上與黃老師互懟，被請家長的事。不過令他印象最深刻還是黃老師的那句：要是連你都能考上高中，我手心煎雞蛋給你吃。

「我那是在創作！」

「得得得！大畫家，看來黃老師是真欣賞不來你的『藝術』呢！」

「他有啥藝術細胞？土包子一個，怪不得快三十連個女朋友都找不到！」侯得星翻著白眼，繼續在教材上寫寫畫畫。只見歷史課本上的「乾隆皇帝」在他揮毫下，整個人充滿動感，變成了一個載歌載舞的陝北漢子。還有大將軍霍去病，在「慘無人道」的塗鴉下，也被打扮成了一個坐在馬桶上的嬌嬌公主……這個同桌平時雖調皮搗蛋，塗鴉能力卻十分出色，每一個線條彷彿都能被他融入進畫裡，讓一切鮮活起來。

「其實啊……你腦瓜子挺聰明，就是沒怎麼放在學習上。」一旁肖默學著父母的口吻。

「我其實對學習根本不感興趣，就喜歡畫畫。」侯得星沒有抬頭，小聲嘟囔。

「那你今後可以當畫家啊！」

「我倒是想。」侯得星撇了撇嘴，「父母不同意，只能偷偷畫，要不然又得挨揍了。真羨慕你，學習好，老爸又是大學教授……」他嘟囔了片刻，又抬起頭，興奮地將課本挪到了肖默眼前，一臉期待，「怎麼樣？」

短短一會兒，那裡空白一角就素描出了一個卡通少女的圖案。只見她瞳孔晶瑩剔透，秀髮飄逸，不禁惹人憐愛。

「還行吧……」

「像不像？」

「嗯？」

「像不像隔壁班那個？」

「誰？」

「哎！你忘啦？就是前幾天我跟你提過的那個女生啊，隔壁二班的！」

「不知道欸……」肖默將臉轉向窗邊，陽光正透過樹梢鋪在教室一隅，「我又不知道她真人長啥樣。」

侯得星猛一拍大腿：「虧大了，虧大了！」

他連忙拉起肖默就要往門外竄，座位上的肖默卻紋絲未動。

「想看自己去看！又拿我當擋箭牌，你那點小算盤我還不清楚？」

「你是不是男的啊？有美女都不去認識一下！」

「沒興趣。」面對異性，肖默一直有種說不上來的羞怯，索性減少與異性接觸，嘗試營造出一股高冷的學霸範。

「沒勁！」侯得星一臉悻悻，白了他一眼，再次埋下頭，繼續望著課本上的夢中情人發呆，不時將鉛筆另一頭含進嘴裡，用臼齒輕輕齧著。平時牙癢癢時，那頭包裹橡皮的鐵皮在咀嚼時總能透出一股淡淡的甜味。

肖默轉過臉，將文具盒慢慢打開。他看了看嵌在裡面的課程表，下一節是語文課，是朱自清的一篇散文，名字叫〈背影〉。他連忙將語文課本拿出，翻開預習。驟然間，左手胳膊襲來一陣鑽心的疼，肖默很快明白那是侯得星在掐他。

「幹嘛？疼！」

掐他胳膊的那只手松了松，肖默齜牙咧嘴，正待與侯得星算帳，卻發現他面前那張臉木然無神，只有那雙眼睛飄然神遊，彷彿直接掠過了礙事的自己，向身後某個地帶觸及。

「你後面！」

肖默毫無準備地將頭轉了過去。走廊邊的窗戶外，躍然站著一個女生的倩影。由於側著臉，看不清她的樣貌，只見她身著碎花連衣裙，那束長髮像黑色的絲絹裙裾，旋開乍攏。

「看過來……看過來……看過來啊……」不斷嘀咕的侯得星不自覺地又掐緊了肖默，直疼得他齜牙咧嘴。不過此時，這個男生也忍不住偷偷望著。

那是一種感覺。像晨光從樹梢透過，似泉水從山澗瀉下。肖默屏住氣息、忍著疼痛，彷彿在他青澀的年華中總帶著那麼一絲酸楚。

看過來……看過來……

那一刻，是他第一次對異性萌發憧憬。

☽第三章

擁擠的地鐵中交股疊臂，江楠將眼睛微微瞇著，誇張地嘟起嘴，衝前方做著鬼臉。眼前，一個小小的嬰兒被她吸引，將腦袋從媽媽的肩頭努力仰起，投來好奇的目光。不一會兒寶寶咧開嘴，發出「嘎嘎」的笑聲，在冰冷的車廂內迴盪。媽媽連忙轉頭過來，衝寶寶所指的方向張望，可並沒發現不同。車廂那隅，江楠早已恢復原先的樣子，迅速混入了四周一張張麻木的表情中。

地鐵很快滑入月臺，下了車，江楠劈開人流，朝出口方向湧去。眼前黑壓壓的人群熙來攘往，被箭頭分成了三路，她朝最左邊的那條擠著，嬌小的身軀與行人摩肩接踵，各種氣味在狹小的空間中醞釀，直往鼻孔裡鑽，也不知這樣腥臭是來自人還是這個城市。雖然地鐵裡的中央空調已在拚命工作，但站上電扶梯的江楠仍急不可耐，每每看到眼前那一望無際的人流時，她總想儘快出去，呼吸外面舒爽的空氣。

三年前，那個中年女人責罵自己父親是殺人犯，江楠難以置信，拚命向母親確認，卻再次得到沉默的回答。直到幾週的某天晚上，母親輕撫著江楠額頭上的幾縷髮絲，慢慢唸叨：記住，不要相信任何人說的話，妳爸爸不是殺人犯，他沒有殺人。

平凡的生活繼續著。念完小學，江楠考上了位於三環的育英中學，算是全市的重點學校。因離家有一定距離，上學、放學再沒辦法像過去那樣讓媽媽接送。江楠清楚媽媽以前總因自己沒能按時吃早餐，久而久之腸胃出現了問題。因為萎縮性胃炎，消瘦的她臉頰總是蠟黃得沒有任何神采，時常將身子貓低，忍受著胃病折磨。江楠看在眼裡，心裡不是滋味。她告訴媽媽，家門口就有地鐵站，只要沿紅線往西坐七站，再換乘藍色那條線過去兩站，下車步行一小段就能抵達。對於她的提議，媽媽反覆斟酌，從小到大，這還是女兒第一次獨自離家上學，還得每天如此，顯然放心不下。江楠擺擺手，學著大人的口氣：「趕緊把早餐吃了，上班遲到當心被老闆罵！」言畢逕自出了門。一年很快過去，這樣的生活也就成了常態。

出了車站，往學校方向是一段用鵝卵石鋪砌的小路。蓬勃的陽光從行道樹罅隙間瀉下，在樹林陰翳的小道上搖曳出星星點點。微風搖動著樹枝，交疊掩映的樹葉變幻著路面上的光斑，如同黑夜跳動的螢火蟲，直晃江楠的眼睛。穿行約十來分鐘，學校已出現在眼前。門口和平日一樣，簇擁著五顏六色的同學。陽光映照在晶瑩剔透的臉頰上，連微笑中散發的自信都顯得如此精緻。那些女學生大都流連於門口兩側的小賣部，打著學習的旗號，各種明星代言的文具一應俱全。而男生則在小攤販跟前流著口水，爭相挑選著各式各樣的「垃圾」食品。望著那些歡快的身影，江楠沒有停留，逕自進入校門。來到二班教室，她朝後排走去，靠左倒數第三排，那個熟悉的座位就是江楠唯一的朋友，總在喧囂的角落靜靜等著自己。還在上學期時，因為有人轉走，班上的學生變成了單數，所以無論如何分配，總有一張課桌只能坐一個人。初一的功課還不算繁重，老師讓同學們自行挑選，大家迅速兩兩組合，嘻嘻哈哈地湊到一起。有的甚至呼朋引伴，號召了好幾組死黨，紛紛扎堆，通過座位來劃分不容侵犯的「勢力」範圍。重新組合後，江楠是單下來的那個，與那張孤零零的課桌相映成趣。

坐下的江楠抬頭掃向前方，同往常一樣，四周喧鬧成片卻與她毫不相關。人與人之間的落差總是存在的，彷彿一切對她都不算艱難的事，而是早已明白且要經歷的人生。

左前方是「姨媽幫」的地盤，也是班上第一大「集團」。這群人總愛八卦同年級誰和誰走在了一起，哪個老師有什麼樣的怪癖，並有著可靠的消息來源。此時，幫派中的梁燕與劉思穎正湊在一起喁喁私語，似乎正討論著某人的祕密。

正前方，「不良少年」趙超與孫宇扭打在一起，兩人總愛在班裡一爭高下。在「姨媽幫」的宣傳中，全班都知道他倆同時與班花劉兮茹走得很近，加上這段時間兩人互相較勁的表現，也充分印證了這一點。值得一提的是，兮茹始終保持一副曖昧態度，更燃起了兩人爭搶「獵物」的欲望。

右手邊的「方陣」中，犯著花痴的女生圍在一起，誇張地模仿著韓劇裡的對白，蹩腳的發音讓江楠直皺眉。而窗外的廣播仍在不斷吵嚷，內容依舊是嘈雜不清的瑣碎通知。她搖了搖頭，一切還是那麼無趣。

當然，除了那個男生……

他總穿著一件白色的T恤，留著一頭俐落的圓寸，有著運動員般挺拔的身材，個子高出班上很多男生整整一個腦袋。這個男生是從育才中學轉來的，原先成績就在全校名列前茅，來到這個班後，自然成了大家的話題，更聚焦著女生們的目光。上週轉到這個班時，那件白色的T恤在視網膜上只輕輕一觸，她的心就跳亂了節奏。當時只有江楠身旁空出了位子，兩人順理成章地成為同桌。下課時，江楠時常發現姨媽幫的女生三三兩兩，在遠處角落望著他竊竊私語。

「白T恤」的到來，彷彿讓一直被邊緣化的江楠又回到了大家的視線中。許多原本沒怎麼和自己搭腔的同學常常在放學時叫住自己，打聽這個轉校生的情況。面對這些犯著花痴的女生，她都表示不清楚。在江楠看來，那些女生的表情是嫉妒的。上體育課時她時常坐在球場邊的塑膠凳前，安靜地望著那個身影。他特別愛打籃球，總是右手持著球，義無反顧地朝對手腹地（陣營核心）衝去，可腳上那雙白色耐克（Nike）鞋總是新新嶄嶄的。打完球後，他喜歡將礦泉水一飲而盡，竄動的喉結在陽光下充滿活力。喝完後，又將瓶子遠遠拋進垃圾桶。每一次，晶瑩剔透的水瓶劃著弧線，恰到好處在桶內發出俐落的聲響。

咚——

江楠看得出神，心中也發出了清脆的回聲。

慢慢地，她得知他生日是一月，星座是摩羯座，和自己一樣，也愛吃牛排。不同的是他家境殷實，從小就接受精英式教育，無論在哪裡，學習始終保持在全校前幾名。熱愛運動的他，去年就曾獲得過全市中學組男子游泳一百米（公尺）冠軍。因為最近和父母搬到了附近，為方便上放學，才轉學到了這裡。不過這些信息（訊息），大都卻是從兮茹與他的對話中得知的……

「嘿！書呆子……」兮茹酥酥的聲音從斜上方傳來，「下課還在學習，讓我們這些成績差的怎麼活？」

眼前，班花穿著一身粉紅色的暗花連衣裙，真絲材質的裙身無風自動，額頭上的空氣瀏海也很適合今天的打扮，一如既往地聚焦著男生們的目光。此時她雙腿交叉，兩手背在身後、微微欠身，淑女形象中透出一股俏皮。

在男生眼裡，這是多麼純真無邪的微笑啊……

他放下了手中課本，也衝她笑了笑，比昨天對自己那個燦爛許多。餘光中的側面，連他的眼角也頓開不少。

「你怎麼老喜歡穿白T恤？」

「男生嘛，沒怎麼在意這些。」

「哎！可惜了這幅皮囊。哪天幫你提升下衣品！」

要你來管！白T恤挺好看的……

江楠心想道。

「還有，整天都留個平頭土死了，換個髮型唄！」

「學生好像不能留長髮吧……」

「至於這麼老實巴交的嘛……也好，人這麼帥，再弄個韓式髮型怕連人家我都抵抗不住呢！」

眼前的兩人有說有笑，討論著與學習無關的話題，江楠根本插不上話，只能尷尬地像空氣一樣游離在兩人身邊。平時，下課後這個班花總帶風一般款款走來，很自然落坐到他的正前方。江楠也嘗試過像正常同桌那樣與他在下課時說話。他很禮貌，聲音很好聽，總是對自己露出乾淨的笑容。她感到心房砰砰直跳，不敢直視他的目光。

為什麼會這樣呢？江楠盯著腳上那雙帆布鞋發呆，那裡滿是汙漬，皺皺巴巴的，讓她莫名自卑。可以預見在男生眼中，無論做什麼都只能襯托出像兮茹那種女生的美好。這個女生雖然學習成績一般，但在學校很受男生歡迎，也總能巧妙地處理各種關係，讓不少男生死心塌地地「臣服」於她。那甜美外形下，兩隻杏眼在與人對視時總能讓對方揣測出更多信息，有種讓男生都認為自己有機會的魔力。同時，打小家境優越的她還多才多藝，上個月的文藝匯演中，就展現了一段鋼琴獨奏的才藝，除了令人驚嘆的彈奏功底，一身雪白的紗裙更是看呆了江楠。

許久過後，「雞蛋黃」黃老師才踱著緩慢的步子，姍姍來遲。而當他出現在教室門口前，兩人已足足笑了有八次。每次江楠都偷偷瞥著，那張爽朗的笑容輕輕刺痛著江楠的心。他似乎離自己漸行漸遠，逐漸投入了別人的懷抱……當然，這種想法十分可笑，因為這件白色T恤從來就沒屬於過自己。雖然當初第一次成為同桌時，這個男生就像一束光，打亮了她的世界，哪怕這束光源遙不可及、從未屬於自己，她也不希望轉移到別人身上。

粉筆聲輕輕接觸著黑板，發出富有節奏的「噠噠」聲。江楠微微側著腦袋，思緒飄出窗外。今天的她不再琢磨這個夏天的蟬鳴聲將在何時停止，不再思考黃老師「雞蛋黃」這個外號從何而來，滿腦子都充斥著另一件事。

她要勇敢邁出那一步。

⌛ ⌛ ⌛

放學後，回到社區，江楠沿著西邊圍牆步行，很快鑽入一條小徑。沿途雜樹叢生，野草滋蔓。一直以來，江楠時常在這裡獨自探險撒歡兒。在石頭縫中抓甲蟲、從一次比一次高的樹上跳下來、數著地上掉下的梧桐葉片……不知為何，在這裡她曾出現過好幾次錯覺，認為父親就在觸手可及的地方。自那次插曲後，江楠不僅沒有逃避對父親的幻想，反而確定了這個人真實存在。一陣微風撫在背上，她會倏然回頭，期待捕捉某個身影。那個男人一定有著魁梧的身軀，有雙寬大富有安全感的手掌，一對炯炯有神的眼睛。他會悄悄坐在身後，在那片亂石掩映中，衝自己露出燦爛的笑容。可每一次，視線中只有樹枝在輕輕搖曳。這次也一樣。

此時，江楠眼前趴著一隻黑白相間的混種小貓，牠瞇著眼睛，一動不動地注視著她手中剝開的火腿腸。

「肯定餓壞了吧！」江楠遞了過去。牠下意識地嗅了嗅眼前的食物，迅速用爪子撥到身前，嘴皮上翻的同時，露出了細細的尖牙。

這只附近出沒的流浪貓從小就被主人遺棄，總獨來獨往。有天江楠看牠可憐，就靠近摸摸，卻發現牠的瞳孔瞇成了一條線，充滿敵意。她連忙跑到門口的小賣部要了一根火腿腸送到面前，就這樣和牠成了朋友。這只小貓全身皮毛花裡胡哨，江楠索性給牠取了個名字叫「小花」，並告訴牠這裡就是她的「王國」，今後歡迎隨時來玩。後來隔三差五，江楠都會用省下來的零花錢買火腿腸餵牠。

很快，整根火腿腸就被小花吞進了肚裡。只見牠咀嚼著慢慢坐下，懶洋洋地用爪子撥弄著臉頰，隨後望向江楠，那眼神似乎在說：謝謝。

「不客氣哦！」江楠回應著，「那麼我們明天見咯！」

喵——

輕輕軟軟的聲音就要將她的心融化，忍不住蹲下身子，輕輕撫摸著小花的皮毛。小花也沒有躲閃，用爪子撥弄著江楠的手，似乎還貪婪地嗅著殘留的氣味，繼續尋找食物。牠細小的爪子不斷撓著，讓江楠感到一陣酥麻，索性將牠抱起來放在了膝上。小花的骨架很小、很軟，江楠小心托著，唯恐不慎將指尖插進牠的肚子裡。

「問你哦……明天我要穿那件連衣裙嗎？」

江楠對著小花嘟囔。

「就是上個月買的那件，淡淡碎花那種……還一直沒穿，從小到大還沒敢穿裙子呢！」

小花望著她，如同在問為什麼。

「不知道……可能是不習慣吧！感覺不太適合自己……」

江楠忽然聯想到今天兮茹那身粉色連衣裙的畫面，無論如何也不敢將那種打扮聯繫到自己身上。

「或許灰姑娘就只適合穿牛仔褲吧……難道還真能找到王子不成？」

江楠繼續望著小花，發現牠今天身上黏了些泥土，毛色卻在斑駁的夕照下依舊富有光澤。

「而且今天在數地鐵樓梯時明明是單數，本來決定好單數就不穿了的……嗯……」

江楠嘆了口氣，將小花輕輕放下。小花歪著腦袋，瞳孔清澈無比，對著江楠離去的背影散發著好感。

「對了，還是告訴你件事……」這時江楠倏然停下了步子，她回頭望向小花，瞳孔中煥發著光芒，「我決定明天穿連衣裙了，到時可別認不出來哦！」

道別後，江楠沿小徑走出，時間已較平時晚了一些，她加快了步子，視線卻被遠處的鞦韆吸引。那裡站著一個中年男子，約莫四十來歲，套著一件連帽衛衣，佝著身子似乎不想被別人看見。這時，江楠看見他正衝自己微笑頷首，招呼她過去。這是他第二次出現在這個地方，上次大約在四年前，也是江楠放學的時候，那時他就等在這裡，不斷衝江楠噓寒問暖，一副很熟絡的樣子。雖然保持著警惕，但不知為何，江楠認為這個男人並不是壞人，甚至有種親近的感覺。當時他留著一頭長髮，打扮頗具辨識度。分別時，大叔本想塞錢給江楠，她搖了搖頭拒絕了。他沒有勉強，只請求江楠別把見面的事情告訴媽媽。

「還記得我嗎？」中年男人問道，他兩道茂密的黑眉就要連成一條線。

江楠輕輕點了點頭。

「上次見面的事沒告訴媽媽吧！」

「沒有……沒告訴媽媽。」

「乖孩子，妳已經上初中了吧！」

「初二了。」

「真快啊！」中年男子彷彿陷入回憶，「叔叔一直在北方工作，這才幾年，都長成大姑娘了！」

院子裡響起了零零星星的蟋蟀聲。不多時，就會將這一片包圍。

「請問有什麼事嗎？如果回去晚了媽媽會擔心……」

男人想說什麼卻沒有開口，遲疑片刻從懷裡的皮夾掏出了幾張最大面額的鈔票：「拿著！」

「錢我真的不能收！」江楠沒有伸手，不由自主地向後退了退。她望著那張失望的表情，開口問道，「叔叔是誰？為什麼要給我錢？」

男子將身子微微蜷低：「叔叔是誰妳不用知道，這錢先收著，放心，叔叔不是壞人！」

「我知道。」江楠脫口而出，「因為大叔你從小就認識我嘛！」

「啊？」中年男人的表情顯得詫異，「妳怎麼知道？」

「很簡單啊！」江楠表情變得得意，「一般人都會說不要告訴爸爸媽媽。當年大叔只囑咐不要告訴媽媽，自然從小就知道我沒有爸爸的事。」

男子由驚轉笑，摸了摸江楠的小腦袋：「真是個聰明的孩子！」

江楠猶豫再三，還是開口問道：「那大叔……你肯定認識我爸爸吧！」

「嗯，認識。」

「哦？」江楠露出一副神祕的表情，「那我爸爸是誰？」

中年男子猶豫著站起，一臉抱歉。

「我知道他，但他的事不能告訴你。」

「為什麼？」江楠有些失望，向男人踏出一步，有著太多的疑問，「為什麼不能告訴我……還有，他為什麼要離開我們母女？」

男人的眼神歸於黯淡，深深吸了口氣：「既然妳媽媽沒有告訴妳，肯定有她的顧慮。再說妳還小，不必知道這些。」

江楠攥緊了拳頭，有些不甘。在媽媽面前，她已不再追問這個問題。可今天面對眼前這個或許知道真相的人，等了整整四年，好奇心還是驅使著她。

「我已經不是小孩子了，就算他們離婚也很正常吧！可這麼多年，我爸爸是誰、他在哪裡，我總有權利知道！而且，我爸爸殺人了嗎？」

男人怔了一下，瞪大了眼睛。

「誰告訴妳的?!」

「你就說，他真的殺過人嗎？」

男人欲言又止，輕輕搖了搖頭。

「那只是一場不幸的意外……」

「什麼意外？他沒有殺人嗎？到底發生了什麼？」

「事情不是妳想的這麼簡單……況且，妳問過妳媽媽吧，她應該跟妳說過吧！」

「媽媽說過，我爸爸沒有殺人……可叔叔你能告訴我嗎？我爸爸到底是做了很嚴重的事情嗎？是不是就因為這件事，他才不能來見我們？」

男人有些惆悵，點了點頭，又猶豫著搖了搖頭。

江楠失落地低下了頭。

「我不管他過去到底做了多可怕的事情……我現在只想知道他是誰、在哪裡，見上一面也好啊！我一直在等這一天……」

「江楠。」

雖然早有準備，但被這個暌違已久的人第一次這樣叫著，她的心臟彷彿被人掐住。

「妳現在只需要認真學習，好好生活就行……」

「我不要！」江楠大聲嚷道，不禁讓男人警惕地環顧四周，「如果你不告訴我，我就會將今天的事告訴媽媽！」

大叔怔了一下，緊緊抿住嘴唇，讓她似乎看到一絲希望。

「對不起，還是不能告訴妳！」

江楠洩了氣，看來這招沒用。

男人看著失望的江楠，有些不忍。倏地，他看向江楠的手腕，發現了什麼。

「那條繩子……還戴著呢！」

江楠輕輕伸出左手，注視雪白的腕間，那裡綁著一條紅色的繩子，顏色早已褪去，已如泥土般顯得斑駁。依稀記得，那曾是父親綁上去的，十多年來從未取下，每當院子裡的孩子嘲笑自己沒有爸爸時，她都將那只纖細的手腕高高舉起：我有爸爸，你們看！

「你也知道這條繩子？」江楠感到納罕。

「對啊。」男人想了想，「他跟我說過。」

「我爸爸？」

男人沒有再回答，只望著她輕輕點頭。

「因為這是爸爸給我的，所以我一直戴著它……」有什麼東西從內心深處湧現，一股淚意在江楠胸中醞釀，「雖說已經沒什麼印象了，但還是希望有一天能再見到他……」

看著有些嗚咽的江楠，男子默不作聲，內心也感到難過。

江楠使勁將眼睛睜大，抑制住就要灑下的眼淚。她心想，怎麼能在這個只見過幾次的陌生人面前哭呢？

「如果……」江楠努力平復，可聲音仍從淚水的罅隙流淌出來，「要是哪天爸爸回來了，看到我手上沒有戴這根繩子，得多難過啊……」

男人抿著嘴唇，輕輕點了點頭：「妳父親一定會很高興的，相信這些他都知道了。」

「真的嗎？」江楠眨巴著淚眼，抬起頭來。

「乖孩子！」男人撫摸著江楠小小的後腦杓，蹲下身來，「叔叔猜他或許並沒有真正離開江楠，只是躲在某個看不見的地方，一直在默默守護著妳。」

「真的會有那一天嗎？」

「什麼？」

「我爸爸會有回來那一天嗎？」

「啊……」男人猶豫著，「或許吧……」

「就是有可能咯！」江楠雙眼放出了光芒。

「有可能吧……」

「那多久呢？今天？明天？」江楠小心給出期待，「還是明年？哪怕好多年……」

男人搖了搖頭，想打住這個話題。

「下次，下次見面時，我一定告訴妳！」

「真的嗎！」江楠興奮得就要跳起來。

「真的，不過妳得將這些先收下！」男人又將攥住的那幾張鈔票舒展開，遞了過來，「想要什麼東西就自己買。當然，還是別告訴妳媽媽，這是我們之間的祕密！」

江楠伸出了小指，想抓住這個轉瞬即逝的機會：「拉勾，一言為定！」

男人苦笑著伸出了手。

兩根小指頭勾在了一起，江楠的臉頰在夕陽映襯下熠熠生輝。殊不知，後來她卻寧願那一天永遠也別到來。

☼第四章

肖默越發感到體內有一股力量在橫衝直撞，稍有不慎就會將它徹底點燃。剛開始他以為做了什麼錯事，或得了羞於啟齒的病，後來才慢慢知道，這是一種正常的生理反應，這個年紀的男生都會如此。可理論知識再豐富，也無法控制膨脹的慾望。每當下體充血勃起時，也是思想鬥爭最激烈的時候，只有自慰才是最好的疏解手段。但每當那陣抽搐過後，他都會陷入無盡的自責，面對父母時感到愧疚，在接觸朋友，特別是女性朋友時莫名自卑，唯恐被人看穿，發現這個不為人齒的祕密。

有時在街上看到黑色的絲襪高跟、前排女生白T恤裡那若隱若現的蕾絲肩帶、地下通道那些讓人想入非非的VCD封面……甚至在查字典時看到某些字眼，都會讓兩腿間那玩意兒再次甦醒，雙手旋即不受控制，欲罷不能，而且一旦開始，就根本無法停下，整個過程只會一浪高過一浪，直至排山倒海。當雲開雨散，一切歸於平復，面對「殘局」往往是情緒最低落的時候，美妙的感覺轉瞬即逝，只留下頹唐的空虛。如果可以，肖默想就這樣赤裸著下半身發呆一整天。可現實往往相反，迅速將「犯罪現場」神不知鬼不覺地清理還原，是理智重新接管大腦後發出的第一道指令。

眼前的衛生紙頗不甘心地打著轉，隨著「撲通」一聲，消失在抽水馬桶裡。肖默拖著有些乏力的身子走回書桌，重重坐向椅子，緩衝靠背因突然承受體重而劇烈形變。發出吱呀一聲。在柔和的夕陽下，他望著窗外電線杆上的麻雀，腦海中響起了周杰倫〈七里香〉的BGM。聖潔而詩意的遐想中，腦海浮現出初中時曾暗戀過的那個女生。那年他除了將她的名字悄悄刻在教室課桌內側，其他什麼都不敢表示，直到分別考上不同的高中，兩人再無照面，從此失去音訊。須臾，他深深吁出一口稀薄的空氣，回到現實，迅速栽進了眼前的習題堆中。

倉促完成，飯菜也都端上了桌。

「功課都沒問題吧！」晚飯時，肖赫例行詢問。

「沒問題。」肖默本想說「不在話下」、「小菜一碟」這一類的表述。桌上的菜餚正冒著騰騰熱氣，讓他一時看不清父親的表情。

「這次入學前的數學測驗，我記得最後那道大題做錯了吧？」

「嗯，有些難度，自己也大意了……」肖默小心回答，「班上好像都沒人能做對。」

「不要總想著和別人比……」父親有些不滿，「如果別人做錯，你也跟著錯，那怎樣才能拉開差距呢？」

「嗯，解題思路現在已經掌握，如果碰到類似的大題一定不會再丟分的。」

「真棒！」媽媽在一旁應和，夾菜的筷子也同時伸了過來，「學習辛苦了，多吃點，正是長身體的時候，可別耽誤了。」

「目前文理科還沒有分班，現在大部分題型包括你做錯的那道並不太難，如果這些基礎都打不好，那高二高三將會更吃力。」

「想好選文科還是理科了嗎？」媽媽將腦袋湊了過來。

「都行。」肖默想了想，「不過我覺得……」

話剛來到嘴邊，就見父親已將正在盛湯的湯匙放下。鐵製的握把和瓷碗碗口表面輕輕接觸，滑溜出去，拉出一道清脆的聲響。

「現階段，顯然選理科更有利於本科擇校。許多重點大學的專業都更青睞理科生，何況理科專業也便於今後就業的選擇。」肖赫緩緩說著，「有句話怎麼說，男怕入錯行……像金融、科技創新等行業都是未來白領的就業趨勢……」

「文科選擇也不少吧！選擇像法學這些專業，今後當個律師也不錯啊！受人尊重，待遇也可觀。」母親是文科出身，此時也參與進來，提出看法。

「我並沒有說選文科就不好……」肖赫慢條斯理地解釋，「所謂行行出狀元……」

「對嘛對嘛！」媽媽笑著打岔，「咱們兒子這麼優秀，選什麼都能成氣候！」

「聽我說完吧！」父親提高了音調，「沒錯，無論文科還是理科，未來能否成才，關鍵是要看自己，但選擇理科，更有利於塑造一個人的邏輯思維，能讓人說話做事更嚴謹、一絲不苟，而文科就更偏向於單純的理解和記憶，相對感性。」

「哎……都是過時的東西了。你這個經濟學權威，怎麼還停留在『學好數理化，走遍天下都不怕』這種老一代的觀點裡？」

「哼！」肖赫皺起眉頭，佛然不悅，「一個經濟學教授的兒子去學文科，這不笑話嗎？當然，如果妳希望他今後就考個坐辦公室喝茶、成天混日子的工作我也不反對！」

「道理一大堆……誰一天在混日子啦？」媽媽嘀咕著白了他一眼，轉頭看向兒子，「也不問問小默自己喜不喜歡，是吧！」

肖默重新拿起碗筷：「我都行。」

「沒事，這不還有一學期才分班嘛！」媽媽笑著幫腔，「兒子這麼優秀，說不定能像隔壁老張家的孩子，在大學拿個雙學位。理科一個，文科一個！」

「你說張超那孩子？」

「對啊，聽說今年就要畢業了。」

「就雙學位有什麼了不起的，這哪能是肖默今後的目標？」

「好啦，好啦，當我沒說！」媽媽夾著一大堆胡蘿蔔的筷子又向肖默這邊伸了過來，「別光顧著吃肉，蔬菜也得吃點。特別是胡蘿蔔，我們以前管它叫『小人參』，營養價值可高呢！」

「嗯。」肖默裹著菜，食不知味地刨著飯，兩邊腮幫都鼓了起來。

「對了，現在你同桌是個女生吧？」

「啊……嗯。」肖默一時對父親這個無來由的問題手足無措。

「家長會那天爸爸見過，挺乖巧的一個孩子……」肖赫話鋒一轉，投來審視的目光，「不過你千萬別有其他想法，更不能早戀。」

「我……」早戀這兩個字忽然被父親從嘴裡就這麼赤裸裸地說出，令肖默有些抬不起頭，「我沒有。」

「沒有就好。」媽媽在一旁點著頭。

肖默低著頭，心驚肉跳。一片沉默中，體育頻道中解說員的聲音顯得十分刺耳。他記得飯前偷偷打開時，已將音量特意調得很小了。

「什麼時候開的電視，怎麼沒調到新聞頻道？」肖赫掃視著四周，尋找遙控器。

「對了，我記得中國和日本的亞洲盃決賽是今天吧？」媽媽忽然想起什麼。

「嗯，今晚七點。」肖默剛鬆了鬆的心又緊起來，小心試探。

「你不會告訴我想看吧？」父親反問著。

肖默沒有說話。

「其實想看比賽這不是不可以……」肖赫接道，「但你要知道一個人的精力畢竟有限，爸爸也是從你這個年紀過來的，有什麼興趣愛好將來有的是時間，何況這種比賽根本看不完，聰明的人都懂得取捨。」

「其實也不是太想看，一場比賽得打九十多分鐘，都能做套試卷了。」

「有時爸爸知道雖然對你有些嚴格，但這都是為你好。等長大了，你就會真正明白。不過話說回來，能生活在這一代你們真的很幸福，像爸爸當年那種大環境，你爺爺奶奶根本不會告訴我這些道理。現在父母整天努力工作能為你創造這麼好的條件……你看初中那時還大費周章地讓你轉到了更好的育英中學……」肖赫語重心長，「這些真不要求什麼回報，只希望你能對未來的人生負責。」

「知道了，我一定好好珍惜這些來之不易的機會！」肖默點著頭，同時調換到了新聞頻道。這時他微微抬頭，偷偷用四十五度的餘光望向父親，兩人目光產生了若有若無的接觸。隱約中，正襟危坐的肖赫還是那副不苟言笑的樣子，與他那輛黑色「皇冠」車一樣，總缺些生氣。

「肖默。」父親低聲悶哼。

「嗯。」

「今天作業完成了嗎？」

「完成了。」

「吃完飯去把頭髮理一理，都不像個學生的樣子！」

「嗯。」肖默埋下頭，繼續刨著白飯，卻暗自估摸著決賽開始的時間。再過一會兒，中國隊和日本隊球員就該入場奏國歌了。他完全能想像侯得星一定又會將初中留下的紅領巾綁在頭上，在電視機前搖旗吶喊。

甫一放下筷子，肖默就出了門。

夏日的白晝比較長，傍晚的天空也只呈現出些許昏黃，路燈還沒開，卻不影響飯後出來散步的人們。放眼望去，有玩耍的小孩、下班的中年人和跳廣場舞的老人，卻鮮少看到像自己這樣的同齡人。他知道，這個年齡段多半在家裡認真學習，偶有放縱，也會背著父母出沒於網吧「KTV」等場所。如先前般在院子裡嬉戲打鬧、無憂無慮的生活早已遠去，視線中只剩下夕暉的餘韻一如既往鋪灑在蒼穹，如同一道時間的柔光。

肖默父親出生在一個農村家庭，從小吃了不少苦，可在當時那種艱苦環境下，仍未放棄念書。十多年來，肖赫起早貪黑，一邊幫襯著家裡的農活，一邊發奮學習。他有幸趕上了一九七七那年的高考，成為了那萬中挑一的幸運兒，就此改變了命運。肖赫深知一分耕耘一分收穫的道理，崇尚先苦後甜，所以在對兒子肖默的教育上，他充分遵循「延遲滿足」這一定律。

功夫不負有心人，中考時，肖默以優異的成績被市重點高中錄取，有驚無險地繼續維持著別人家孩子的「人設」。意外的是，侯得星居然也以剛剛夠到分數線的成績被該高中錄取，比肖默「節約」了近一百分。不過暑假沒過完，他屁股又開了花。是因有天回母校找復讀兄弟時恰好碰到了黃老師。那天黃老師迎面而來，看著曾經的學生滿臉欣慰，正準備說點什麼。不料侯得星卻率先開了腔：「你不說要煎雞蛋給我吃嗎？」從那以後，「雞蛋黃」的外號聲名遠播，在整個學校乃至市教育界都如雷貫耳。

步出社區，肖默漫步於鱗次櫛比的街道。天色微暝，晚霞未央，馬路上卻已是萬家燈火、夜色闌珊了。不多時，他走進了一間扎堆於霓虹處的小店面，兩側掛著絢麗的轉花筒燈（三色旋轉燈），令人目不暇接。

「歡迎光臨，請問只洗還是剪？」

門口迎賓的小妹妹帶著微笑給肖默開了門，令他視線不禁遊移。

告知剪頭後，肖默被帶到靠裡的隔間。眼前，高檔的皮質躺椅有序地列成一排，略顯昏暗的光線和舒緩的音樂讓人感到慵懶放鬆。不過每每置身於此，都感到些許忐忑。

「帥哥還是學生吧？」

帶著大股洗髮香波的味道，一個女生的聲音從背後傳來。肖默回頭，見她雖與自己年齡相仿，卻因畫了眼線顯得更成熟，而身體則已呈現出了令人遐想的曲線。她身著深黑色T恤，開口有些低，若隱若現的乳溝將整件T恤高高支了起來。

「嗯。」坐下後的肖默轉回頭去，紋絲未動，似乎這樣能讓自己的背影顯得更深沉。

「躺下來吧！」

肖默有些緊張，僵硬的身軀笨拙地占據了整個皮椅，後腦勺還尷尬地磕到了洗髮池的外沿。他挪了挪身子，將腳那頭向外延伸開去，懸在了半空。

「挺高的嘛！有一米八吧！」

「沒，只有一米七九……」

「洗髮水用『控油去屑』還是『冰涼清爽』的？」

「都行。」

「那就用『控油去屑』的吧！」

「好的。」

「嗯，很多人都用這種，不過要多收十元錢。」

「哦。」平時就沒什麼零花錢，肖默感到一陣絞痛，卻也不知該如何拒絕，「倒是不貴！」

女生踱到了腿那一頭，輕輕踮腳將面前架子上的洗髮用品取下，上肢舒展間腰肢盈盈一握，將臀部曲線的收束映襯得緊實而飽滿。肖默趕緊移開了視線。

不過心裡還是癢癢的。

「水溫合適嗎？」女生伏下身子，唇間的氣息已拂到肖默臉上，「念高中了吧！」

「嗯，剛剛高一。」

「追你的女生不少吧！」

「沒有！」面對俗套不過的恭維話，肖默卻煞有其事地否認。女人緣方面，他向來比較差，甚至在他看來，連侯得星那種男生都能左右逢源，「真沒有。」

輕盈的笑聲再次從頭頂傳來，話語間，女子已將香波均勻抹在肖默的髮絲間，讓他嗅到了一股青檸味。閉上眼睛，視線一片黑暗，他卻能感受到那雙眼睛就在頭頂上凝視著他，不禁繃住了眼皮。

「有熟悉的造型師嗎？」聲音從頭上傳來，彷彿也帶著青檸味。

「沒有。」

「這裡有『資深造型師』、『技術顧問』、『首席美髮』、『藝術總監』……」

「一般的就行。」肖默這次有了經驗。

「好的，想怎麼剪？」

「平頭。」

「不嘗試其他髮型嗎？留這麼長剪短可惜了。」

「還是學生，沒辦法。」學校雖然不允許男生留長髮，但制度歸制度，只要不過分誇張，沒人會去較真。甚至有些男生在打籃球時，頭髮會在豔陽下呈現出酒紅色的光澤，引得圍觀女生陣陣尖叫。肖默雖然嫉妒，可歸咎於父親的要求，不得不將頭髮理得很短。

「學生也可以嘗試很多髮型啊！總一成不變多沒新鮮感？」

「額……」肖默很猶豫，卻暗暗期待，「都能怎麼剪？」

「你可以打點啫喱，把頭髮立起來。」

「這可不行！」肖默連連搖頭，瞬間聯想到了侯得星那副打扮，「那種太誇張了。」

「誇張嗎？」女生帶著調侃，「是你太老實了……現在好多男生都喜歡這種造型。」

「還有什麼髮型嗎？」肖默心有不甘。

「你可以嘗試將頭髮打薄或者剪成碎發，簡單燙一下也不錯，像周杰倫那種。」

燙頭髮，這種事情以往想都不敢想。

「真的適合我嗎？」肖默拿不定注意，卻隱隱開始激動。

「當然適合了，既不誇張，仔細一看又富有層次，就像周杰倫那本書的封面……叫什麼……《D調的華麗》。」

低調中帶著華麗，一語正中他的心窩。

當鑰匙漸次鑽入鎖芯時，肖默猶豫了半秒。他知道剛才動作其實很輕，如果慢慢拔出來，相信父母還不會察覺。

可握住鑰匙的那只手還是選擇了轉動。

「我回來了。」說出這句話時，肖默已經來到了客廳。由於主燈沒開，父親整個臉頰被手機罩上了一層冰霜。

「嗯。」父親的身影紋絲未動，「怎麼剪這麼久，趕緊洗漱，明天還得早起。」

「好，那我去了。」

這時媽媽似乎一個人待在房間，正將各式各樣的保溼水衝臉上狂拍猛打，隔著門不斷發出劈里啪啦的聲響。

「頭沒剪？」詫異聲還是從背後傳來，將肖默的心臟死死掐住。

「剪了，稍微修了下……」

「把燈打開！」驟然，身後那聲音帶著不容分說的壓迫感。

「我……」肖默哆嗦著，「我把頭燙了。」

「讓你把燈打開！」

啪——父親臉上的表情在燈光下變得格外深刻。

「我只是想嘗試一下……」

「肖默你太不象話了，自己去照照鏡子像什麼樣子！」話音間，父親將手機重重摔到了玻璃茶几上，「這還上個什麼學？」

本來沒有想燙……是店員推薦的……我也沒有想到最後會這麼誇張……肖默一句都沒能解釋出來，感覺自己已罪惡滔天。

「我之前怎麼說的？現階段要一心一意用在學習上，你還是一個高中生就開始講吃講穿……肖默，你太讓我失望了！」

「怎麼了，怎麼了？」媽媽頂著張面膜從主臥踱步而出，從那三個洞中足以判斷她此刻吃驚的反應。

「妳看看，妳看看！都上高中了還這麼不像話……還說跟張超比，張超哪能是這個樣子？而且我有沒有說過，說過多少遍高考那是千軍萬馬過獨木橋，就他這個吊兒郎當的樣子還高考?!妳這是在給我開國際玩笑！」

「燙了其實一點都不好看，那家理髮店也真是！」媽媽連忙遞著眼色，跟著輕聲嗔怪，「走，媽媽陪你回去，重新去剪個像樣點的髮型。」

「哼，不剃成平頭別想回來……」

就在父母兩人你一言我一語時，代表著家中第三個人存在的聲音終於響起。

「我不要！」

對面兩人愣住了。

「為什麼我每次都要剃成平頭，你們覺得那叫精神嗎？那叫醜，根本不適合我！」

肖默聲音發著抖，分貝卻越來越大。

「足球賽我為什麼不能看，我就要看！而且我分明更喜歡歷史地理，為什麼一定得選理科？還有，別總拿我和張超比。我就是我，我是肖默，比他優秀我也是肖默，比他差勁我還是肖默！」

說出來了，終於說出來了，肖默深深喘了口氣，望著對面那兩個驚詫的面孔，內心一陣暗爽。

「請問打算怎麼剪？」

聲音從背後突然探出，打斷了肖默的神遊，此時光亮的鏡面中，一名「黃毛」小哥緩緩靠近，帶著若有若無的邪魅笑容。

眼前的肖默已被圍布輕輕搭上。視線中，所幸那個腦袋還是原來的自己，不過腦海裡甫一回想起剛才與父母爭執的那些對話，驚悚之餘，不免痛快，嘴角不禁裂開一道難以掩蓋的口子。他咽了咽口水，彷彿醞釀著決心。

「理成平頭。」

鏡中，小哥吹了吹擋在眼前精緻的劉海，將手中的理髮剪瀟灑地別回腰間皮兜中，他拿出推剪再次確認：「不燙嗎？」

「嗯，平頭。」

☽第五章

窗外飄著小雨，將整個世界蒙上了一層隱約的灰色。江楠出神地望著對面街道的牆角，一小戳薔薇花在那裡分外顯眼。

「你在想什麼？」

西餐廳內溫度不算低，江楠卻感到一絲哆嗦。九月的雨總帶著涼涼的秋意，她緊了緊衣領，將頭轉回。

那個男生就坐在對面，還是那副青春少年的俐落樣。

「你說什麼？」

「沒什麼……」

男生露出淺淺的微笑，嘴角收緊的肌肉在兩邊凹出對稱的酒窩。他的身子雖修長瘦削，從袖口中露出的手臂卻顯出隱約可見的肌肉線條。印象中，身上的白色T恤還是第一次見面時那件。時間過去這麼久，依舊勻稱平展，潔白無瑕，彷彿散發著陽光的餘香。

「抱歉打斷你了。」他凝視著江楠，「最近……感覺你有心事？」

「沒有。」

「是我做錯了什麼嗎？」

「沒有。」

「那還是……」

「你很好。」江楠雖將目光投向對面，空洞的眼神卻已透過他，衝遙遠的虛空不斷延伸，「是我，不喜歡這種天氣……」

他將手緩緩伸向江楠。見她有些閃躲，連忙收了回來。

江楠沒有說話，只望著男生的雙手發呆。那五根手指骨節分明，修長而白皙。

這時輕輕的腳步聲打破了沉默，身著整潔制服的侍者將剛烤制好的牛排端上，用眼神詢問他們。

「她的。」男生示意著，衝江楠咧嘴，笑容陽光爽朗，「記得妳最喜歡吃牛排了。」

江楠微微頷首，又衝窗外凝目望去。隨著雨勢漸大，窗外的世界開始模糊，那一小戳薔薇花在風雨蹂躪中不斷搖晃。

「兮茹那麼優秀，為什麼你要選我呢？我那麼平凡……」

「想些什麼呢小傻瓜，這重要嗎？」

當然重要。

「那你會陪著我嗎……」

「我這不陪著妳嗎？」

隨著圓弧型的金屬餐蓋被緩緩揭開，裡面的熱氣醞釀已久，衝外蒸騰噴發。江楠小心望去，那個少年的笑容卻一下子模糊起來，連窗戶上也氤氳著一層薄薄的霧氣。

「我是說，永遠。」

白霧的另一頭沒有回答。

「說話啊，怎麼不說話了？」

「……」

「你說話啊！」

窗外暴雨如注，狂風大作，一時天旋地轉。

「怎麼不說話？江楠！」

直到有人拿筆在戳著後背時，江楠才發現講臺上的黃老師點到了自己的名字。她在人群中孤零零地站起，迎著四面八方看笑話的目光。

「我沒注意聽問題……」

目光變成了嘲笑聲。

黃老師右手向下壓了壓，示意大家安靜。他搖了搖頭：「我只是在考勤點名，沒問問題。」

嘲笑聲的音量更大了，帶著「3D」環繞。

江楠毫無所謂，似乎早已習慣。抬頭望向前方，時常不由自主傾斜，瞥著那個方位。前排「雅座」，那個男生和班花兮茹坐在一起，是大家公認的金童玉女。視線中，課桌顯得那樣小，兩人的身影靠得那麼近。一會兒你將我的筆拿來寫寫，一會兒我又借你的橡皮用用……不過江楠毫無所謂，從那天就已習慣。

那天，江楠寫下一封信。她小心壓好，用手抹平，裝入在小賣部買的淡藍色信封中，偷偷夾在了男生的課本內。關於信中的內容，江楠字斟句酌，在頭一天修來改去。可整整一個晚上她不明白，為什麼一定要通過寫信呢？或許電視上都這樣，只是試著模仿，又或是現實中那件白色T恤太過耀眼，讓她無法直視。一切像一陣風，將自己的心吹向空中，飄飄然的感覺固然美好，但腳底踩空的狀態讓她無法表達真實的感受，始終言不由衷。

看到這封信的他會是什麼反應呢？江楠期待著、忐忑著。整整一晚，失眠的她好喜歡這種感覺，好恨這種感覺。

第二天，她穿上了那件放在櫃子裡的碎花連衣裙，步入教室。人群中，她尋找著那個人的身影，準備捕捉他看到自己那一瞬的表情，但只看到了「姨媽幫」的梁燕……和她那手中高高舉起的淡藍色信封。

「穿白T恤的你！就讓我叫你『白T恤』吧，因為『書呆子』這個外號一點都不好聽……」伴著全班的哄笑，梁燕矯揉造作地唸著那封信上的內容。

江楠本以為只是個夢。因為在夢中，自己才會喪失上前將信搶過來的勇氣。她想操起凳子往梁燕的頭上砸去、想堵住每一張譏笑的嘴、想用超能力抹去所有人的記憶……

「我不像兮茹那樣，只是個平凡的女孩……那天，不斷用餘光觀察你，你卻顧著和兮茹說話……『小傻瓜』，我也希望你能這樣叫我……『白T恤』，你能陪著我嗎……我是說永遠……」

凌遲繼續著，信中每一句被精心打磨過的詞藻，都變成了最鋒利的匕首，在她心臟表面肆意剮動，留下深淺不一的劃痕。事後，兮茹跑來道歉稱自己在借他書時不小心發現了這封信，又不小心被梁燕奪了去。

是啊，都是不小心造成的，誰又忍心去責怪不小心的人呢？後來，不知道又是誰的不小心，把這件事鬧到了班主任（班導師）那邊。為了將影響降到最低，他被換到了其他座位，自然又是一個不小心，被安排和兮茹坐在了一起。

那天起，江楠收起了那套碎花裙，放棄了對青春的憧憬。上學的日子繼續著，她開始減少與人交流，儘量不暴露自己的喜怒哀樂。上課時，她從後門悄悄貓進，不去驚動兩側好奇的目光。下課後，她第一個跑出教室，不在學校多停留一秒。直到打開家門，空氣才會變得柔和。就這樣，江楠的青春始終都在上學與回家的往返中流逝，她也希望就這樣無波無瀾地度過每一天。

可有次在教室中的江楠還是察覺到了異常。整整一個下午，餘光中大家似乎都在瞄著自己喁喁私語，就像在偷偷觀察怪物一般。可每當與他們對視時，大家表情又恢復了自然，彷彿什麼都沒發生。這種若有若無的眼光雖讓她難受，但也沒有多想。直到回家後，正在廚房忙活的媽媽詫異地放下炒菜的鏟子，向江楠走來。

在她背後，不知何時被人貼上了一張紙條，寫著「土鼈」。

面對媽媽的疑惑，江楠擠出笑容釋疑，稱上次班上那個誰就被自己捉弄過，看來被「報仇」了。還不斷打趣稱自己人緣太好，大家都愛開玩笑……但只有她知道這並不是玩笑，而是來自全班的惡意。這個看似和氣的集體中早已形成了一個小小的社會，有一套潛在的人情世故和行事規則。誰不能惹、誰的意見必須要聽、誰又可以隨意欺負……大家都有著不約而同的看法。

她考慮過轉學，可要怎麼跟媽媽開口呢？要是被她知道也會難過吧！同時，江楠也捨不得黃老師。雖然只是隔壁班的班主任，但入學以來，這個男人對她關愛有加。接觸中，江楠對他有了好感，逐漸產生了依靠。雖然從年齡上看有些荒唐，但還是覺得如果自己有個父親，那一定就像黃老師這個樣子。有次，她紅著臉，將這樣的想法告訴了他。黃老師微笑著摸了摸江楠的小腦袋，說他一直是單身，沒有子女，常常就把她當女兒看待。聽到這句話的江楠欣喜萬分，第一次感受到了若有若無的父愛，她不時摩挲腕間那條細細的繩子，更加期待著什麼。每次回到社區，她都小心地將目光投向那塊空地。可每一次，只有鞦韆寂寞地搖晃，那個中年男人再也沒有出現。

「今天在學校怎麼樣？」

吃晚飯時，媽媽時常這樣問道。

「一般啦……」江楠一向這麼去回答，擔心敷衍，又總會添加不同的內容。

「哦，對了。今天班上那個誰，就是總愛穿白T恤……上次跟妳說過學習成績特別差，老是愛打架的那個……為了追隔壁班的女生，居然翹課跑到他們班蹭課，結果被黃老師逮個正著，還被請家長……」

「哦，學習成績特別差的那個不是孫宇嗎？我記得你說過有個叫韓冰的倒是喜歡追女孩子吧！」

每次媽媽都聽得仔細。

「啊？」江楠吐著舌頭，「對啊！韓冰是喜歡追女孩子嘛！不過這次輪到『白T恤』追了，所以才覺得扯嘛！」

「原來是這樣。」媽媽點點頭，目光向自己延伸過來，「班上有追江楠的男生嗎？」

「啊？」江楠差點咬到舌頭，旋即露出一臉壞笑，「哈哈，居然被妳發現咯！」

「真有啊？」媽媽似乎來了興致，「叫什麼？」

「哪有？妳還真信了！」江楠又想了想，「倒是有隔壁班的同學跟我塞過情書哦！」

「是誰？」

「妳怎麼這麼八卦？」面對媽媽的追問，江楠白了她一眼，「誰知道，又沒留名字……再說，我可是始終以學習為重。」

「哦？」媽媽的神情閃過一絲神祕，「我記得之前，有天妳穿上了那身連衣裙。」

「啊？哦……連衣裙怎麼啦？」

「那天是準備向誰表白嗎？」

「怎麼可能?!」江楠驚慌失措，就要跳起來。

「是嗎？妳剛才這反應有問題哦！」

「沒有，裙子本就是拿來穿的，跟……」江楠垂下了視線，「跟表白有什麼關係……」

「媽媽也是女人，也年輕過，也會在某個瞬間想穿上美美的衣服，出現在喜歡的人眼前。」

「是嗎……」

「傻孩子！有喜歡的人是件很正常的事，這有什麼？」

「不是啦……」江楠小聲嘀咕，「那麼差勁的男生我怎麼看得上？我的眼光可是很挑剔的！」

「挑剔點好，別輕易相信男生。」媽媽苦笑著搖了搖頭。

「妳是怕我跟哪個男生跑了吧！」江楠岔著話題。

「這倒是沒擔心過。」媽媽哈哈大笑。

「是嗎？」江楠眯起眼睛，「我倒是挺擔心的。」

「擔心什麼？」

「身為一個女人……」江楠用俏皮的目光打量著媽媽，不斷搖頭，「分明還這麼年輕，又有些姿色，看妳一天天這身打扮……」

「妳以為我還是十七、八歲啊？當媽的一天養家糊口容易嗎我！」媽媽叉著腰，瞪了江楠一眼。

「嘿！這口鍋我可不背！」江楠扮著鬼臉，「大人也該有大人的圈子！再不抓住這幾年姿色，小心第二春就沒咯！」

媽媽可氣可笑，無奈地直搖頭：「今天妳是怎麼的？感覺話突然多了不少。」

江楠內心一怔：「有嗎，我哪天話不多了？」

媽媽笑了笑，眼角的魚尾紋溫和而慈祥：「總感覺妳沒有原來那樣愛跟我說話了！」

江楠想接連用「有嗎」掩飾，但沒有說出口，過了許久，她忽然又想到什麼。

「對了，上次開家長會時，妳覺得黃老師怎麼樣？」

「黃老師……什麼怎麼樣？」

「他可厲害啦！聽說還在在職深造……」江楠開著玩笑試探，「就是……媽媽覺得他這個人怎麼樣？人家還是單身哦！」

媽媽雙眼直瞪：「妳這小鬼胡說些什麼？」

「倒也是，人家黃老師怎麼看得上妳？」

「死丫頭妳給我站住！」

「哇哈哈哈……」

那天，江楠似乎將攢了好幾個星期的笑都釋放了出來，暢快不少。而小房子中母女倆的歡笑彷彿橡皮擦一般，能將白天發生的種種不愉快努力擦掉。至於對母親的善意欺騙，江楠也一以貫之。

晚自習下課的鈴聲如期而至，江楠連忙收拾東西，趁著一片嘈雜，逃離了教室。出了學校，在確認已將人群甩在身後她才將心放寬，漸漸放慢腳步。夏夜的晚風在她面頰上不斷拂動，溫柔而涼爽，漫步在通往地鐵站的林間小道中別有一番景致。垃圾桶邊的大槐樹、經過第三個十字街道的紅綠燈……往家的方向，心情就能慢慢愉悅起來，似乎白天累積再多的苦悶，也能在回家時被慢慢療癒。有時太難受，她就跑到樓頂的天臺坐一會兒。那裡背光處有一片陰影，躲在那裡不會有人打擾。

轉個彎，江楠來到了地鐵進站口。這時她才發現，今天入口擺放著「內部通道施工，請繞行」的指示牌。通常這種情況，她再步行穿過兩個街道，在街角拐個彎，便能找到就近的地鐵站。

可偏偏，這一次江楠選擇抄了條近道。

這條路位於兩個地鐵站之間，是一片正在拆遷中的棚戶區。老舊的建築，廢墟中的瓦礫，如同文明地表上生出的一道口子。她漫步在「瘡疤中」，彌漫在空氣中的塵埃直往鼻孔裡鑽，十分難受。

視線中，另一頭的城市燈火通明，斑斕多彩，彷彿觸不可及。比起遠方的花花世界，這裡就像一座孤島，被世界遺棄。不知是這一片光害較少，還是已經習慣了周遭的黑暗，她第一次發現今晚的夜空如此晴朗，星光透過塵埃，為自己渾身披上了一層淡淡的螢光。她踽踽前行，在破舊蕭條的小巷中穿梭。這個被城市遺忘的角落雖毫無生氣，雜草卻恣意生長，炫耀著旺盛的繁殖能力。她望著那些被推倒的房子，每一處殘垣斷壁曾經都是完好的，有著嶄新的牆面和剔透的窗戶，裡面充滿歡聲笑語。有一個調皮的孩子、一個慈祥的媽媽和……一個嚴厲的爸爸吧。而現在，眼前的狼藉如同被主人丟棄的物件，成堆成片，散落在廢墟中，什麼也不是。原來的人們都搬到哪裡，有沒有過上更好的生活，是換到了更大的房子裡，還是居無定所顛沛流離……

驀然間，遠方出現了一個若隱若現的光點。起初，江楠以為那只是從遠處被反射過來的光源。但隨著慢慢靠近，她才看清那是一根香菸發出的星火。此時，只見一個醉漢蜷在瓦礫一角，正噴吐著薄霧，神情頗為享受。還剩一半的酒瓶被他丟在一邊，裡面的液體不斷從瓶口滲出，彌漫出一大股刺鼻的氣味。這時江楠已離他十步不到，哼著的旋律戛然而止，內心泛起了不安。雖只是個被城市遺忘的生命，但她仍小心起來，慢慢欺近，輕輕邁開地上的垃圾和碎石，儘量不發出引人關注的聲響。可就在經過醉漢身邊時，她猛然發現薄霧中那張臉孔變得猙獰無比……她哆嗦著收回目光，加快了前進的腳步，迅速走遠。驟然間，有聲音從背後傳來，那是煙屁股被狠狠丟在地上的聲響，細若蚊蠅，卻打破了黑暗中柔和的空氣。緊接著，是酒瓶被踢到一邊的聲音。江楠怯怯回頭，看到那個身影站了起來。他高大魁梧，坎肩兩側露出的雙臂顯得野蠻而有力。她不知道這個男人要幹什麼，但直覺讓自己已經邁開雙腿，拚命衝前方奔去。與之同時，她感受到了更猛烈的步頻在身後振動。

那個醉漢在追自己！

長髮在黑暗中慌亂飄動，雙腿在廢墟中無力搖擺。慌不擇路的她已記不清多少次撞在了磚牆上。手背、膝蓋等多處在磕碰中破了皮，可前所未有的恐懼感讓身體根本沒有絲毫疼痛，整個世界只剩下慌亂的喘息聲。被撲倒的瞬間，江楠感到身體被一個巨大的沙袋壓住，體內器官在猛烈的衝擊擠壓下就要裂開，口中泛起一陣鹹苦。塵土飛揚中，濃濃的汗臭味撲鼻而來，那個醉漢滿身的汗液和酒氣透過薄薄的坎肩，黏在了江楠身上。她拚命掙扎，卻無濟於事，纖細的雙臂已被那雙魔爪死死扣住，而那副表情恍如惡魔一般，帶著腥臭，朝江楠的臉頰壓來。

「滾開！」

「救命啊！」

江楠的呼救聲在黑夜中響徹，嘴卻迅速被醉漢用手掌壓住，讓她只發出絕望的「嗚嗚」聲。

「哇唔！」

鑽心般的疼痛讓醉漢將手抽回，指腹上赫然綻出一道血口子。

「臭丫頭！老子弄死妳！」

她發現被狠狠扇了一耳光，卻因暈眩的腦袋，察覺不到任何痛感。

又是一下。江楠覺得這次是挨了一拳，連意識都有些模糊，早已沒有掙扎的力氣。她才發現跟電視劇完全不一樣，不會有人來救自己。那個野獸繼續在江楠的身體上肆虐，不斷發出狗嚎般的辱罵聲。朦朧中，她知道牛仔褲已被撕扯脫下，爾後有東西進入自己的身體，那是一陣撕心裂肺的灼燒。

揚起的塵埃讓整個世界灰濛濛的，遠處的那片雜草堆裡，一小戳薔薇花脆弱地搖曳，在灰暗的世界中分外打眼。

沒有人來救她。

連爸爸也沒來。

☼第六章

「……每一場流星雨的背後，都有一顆彗星在默默燃燒自己。獅子座流星雨就和一顆名叫坦普爾－塔克（坦普爾－塔特爾）的彗星有關，它每三十三年回歸一次。也就是說，大約三分之一個世紀，我們地球就能看到一次獅子座流星雨的大爆發……據說在十九世紀中葉那場獅子座流星雨中，約有二十萬顆流星墜入了地球的大氣層……」

校食堂內人流如織，學生們拿著不銹鋼餐盤排隊，等待美食的召喚。頭頂上方，四十五度懸掛的液晶電視正播放著關於「獅子座」流星雨的專題報導，吸引過往學生們的注意。

肖默隨著隊伍緩緩蠕動。很多時候，他感覺自己就像一個沒有思想的齒輪，只是時刻配合其他零件在運轉。這時，前面的同學往前移動著，他也跟著挪了一個身位。

「喂，喂！幹嘛老拉著個臉，誰又惹你了？」

「……」

肖默從莫名的神遊中拔出，看向隊伍前的侯得星。從中學到大學，這傢伙總如影隨形，高考時的文化課程他又是一分都沒浪費，被同所大學的美術專業錄取。此時這傢伙正拎著餐盤來回晃動，依然穿著那條上週吃麻辣燙時濺上油印的牛仔褲。

「你看你那眼神，一副別人欠你錢似的，還站我背後，不知道的還以為是來找我討債！」

肖默醒了醒神，故作輕鬆：「我看是你整天到處搞網貸，神經敏感吧！」

「我倒是想……人家網貸公司才不借錢給我哩！」

「為啥？」

「咱要是還不起，裸照辣眼睛，賣不出去啊！」

「噗哧——」肖默忍俊不禁，卻聽身後的謝雨也跟著笑出了聲，在與肖默視線短暫對視後連忙扶了扶眼鏡，收斂起來。

「嘿嘿。」侯得星眨著眼睛，將臉神祕地湊了過來，「今晚你倆是準備好節目了嗎？」

「喂！」肖默偷偷瞥了一眼身後的謝雨，見她抿嘴裝沒聽到，「別瞎說！」

「還搞地下呢！」侯得星一臉壞笑，「我看那天晚上你倆……」

肖默知道他指的是上週和謝雨一起從圖書館回寢室的事。

「小點聲！」肖默環顧四周，「別老用你那種思維揣測我行嗎？我們只是一起學習……」

「一起學習啊……」侯得星煞有其事地點頭，「還真是厲害呢！從中學就一起學習，還一起學習到了大學。看來我得將你們如此熱愛學習的事蹟好好宣傳，今晚廣播站的『校園情懷』欄目就差這種素材……哎呀！」

大腿的肌肉被一把揪住，疼得侯得星齜牙咧嘴。

「你小子還來勁了是不？」

「饒命饒命。話說今晚的流星雨你倆到底去不去啊？」

「我……」肖默回頭望了望謝雨，馬上移開目光，「再說再說！」

「切！一天神神祕祕……上次喝酒也沒來，從開學到現在，學期都快結束了，我幾個室友都沒見過你，還說認識認識。」

「你還知道期末快到了？到時候掛科可別怪我沒提醒你！」

「哎！你說高中這麼較真就算了，都大學怎麼還……」忽然侯得星變得一本正經，「其實有時吧，挺好奇你這個人的。」

「怎麼啦？」

「你從來都沒有過『叛逆期』嗎？」

「我？我和你可不一樣。」

「是你和所有人都不一樣！誰都會有叛逆期吧，但好像就你跳過了這個階段，直接進入『成熟期』，感覺像沒有進化完全一樣……哈哈哈！」

「對對，就你進化最完全，特別是屁股！」肖默狠狠瞪了侯得星一眼，「從出生到現在永遠都處於叛逆期，屁股的抗打能力絕對是全國第一名。」

「誰還沒被揍過啊？」侯得星一副無所謂的樣子，「可別告訴我你小時候沒被揍過。」

別說被打，肖默一想到父親那副不怒而威的模樣，便已感受到巨大的威懾力。「哼，這種事你還挺光彩？」

「哎，管他過去光彩不光彩，關鍵是要珍惜當下啊！你看咱們現在要時間有時間，要精力有精力……」話音間，幾個高䠷的女生從他倆面前經過，惹得侯得星身子微微傾斜，就要被她們的倩影勾過去似的。他緊閉雙眼，神情早已沉浸在享受之中，不忘高聲感慨：「要機會有機會……在這個充滿自由的國度中，正是為所欲為的時候！」

「你那叫運氣好！」肖默滿臉不屑，「要不是藝術科目加分，你早吃癟了。」

「所以說，這叫選擇比努力更重要！」

肖默正待爭辯，無奈搖頭打趣：「你哪裡沒努力？你是抽菸喝酒、網遊把妹樣樣沒落下，那可是德智體美勞全面發展！」

「不才，不才，挽救女性朋友於水火之中是在下的責任啊！」

「能要點臉嗎？」

「哈哈哈哈！」

兩人又嬉鬧到一起。身後的謝雨扶了扶眼鏡，將注意力移到了頭頂繼續播放的報導中。

「……這次『獅子座』流星雨將於北京時間二十點三十分左右抵達近地點，約二十一點達到峰值，屆時流星群會噴射出壯觀的流星風暴，平均每小時將出現數千顆流星，相信將會是天文愛好者們一次難得的盛會……」

⌛ ⌛ ⌛

圖書館的肖默將頭輕輕抬起，頸椎順時針活動著。他感覺今天不在狀態，老是在前幾頁來回翻閱，而走廊一側來來往往的過客總莫名羈絆著注意力。他再次滑開手機，翻出謝雨早先傳來的短信，就要將螢幕盯出個洞。

晚上去看流星雨嗎？

肖默有些為難，老實說，這個戴著厚厚鏡片的女生並不是他中意的類型。中學時兩人是同桌，她愛找自己請教功課，時常出雙入對。可肖默告訴自己，和謝雨在一起只是互相監督學習，絕對不會越過那條界線，因為他相信將來的女朋友不會是這一類型。至少，得找個不輸侯得星的。不過有天，他發現謝雨和另外一個男生坐在了一起，還聊得十分熱絡。肖默目光掠過書本偷偷觀察，發現倆人討論的那道題自己明明十分擅長……那是種被拋棄的感覺，讓人難受的是，分明就不會喜歡這種女生，為何會感到失落？思來想去，他將原因歸結為謝雨沒來尋求幫助，就是一種對自身功課水準的質疑。

「你吃醋了嗎？」

測驗題上的數位失去了焦點，肖默聽到謝雨在叫他。其實，他早就發現這個女生剛剛已衝自己走來。

「啊？」肖默裝著糊塗，「你剛說什麼？」

「沒什麼！我得好好學習，爭取跟你考上同一所大學！」

「為什麼？」

謝雨沒有搭腔，只眯眼笑了笑。那一刻，肖默發現她那對小虎牙還是蠻可愛的。

「沒什麼……別分心，到時再告訴你！」

我有分心嗎？他暗暗想道。

半年後，肖默如願考入了本市這所「985」重點大學。謝雨努力跟隨，也被該院的經濟學專業錄取。來到大學，兩人變得親密起來，關係逐漸浮出水面。他倆一起吃飯，一起上圖書館，有時待得晚了，他就將她送到寢室門口。不過兩人在一起還是只圍繞著學習功課，很少聊些無關緊要的八卦。久而久之，連他自己都無法分辨這種心照不宣的曖昧到底算不算戀愛。肖默記得，父母對大學談戀愛的態度是既不支持也不反對。反覆琢磨這句話，感覺頗含深意。他想繼續追問，卻引起母親的好奇，問是不是有喜歡的女孩子了。肖默慌忙擺手，立刻否認。雖然隨著自由生活地開始，父親的角色再也不是那種不可違逆的存在，他亦漸漸挺起了胸膛，敢於直視那個男人的眼睛。可此時的肖默只衝一旁夾菜的父親輕輕一瞥，就草草收了目光，也不知道還在顧慮什麼。

哈佛教授格里高利・曼昆的名字再次映入眼簾，肖默已將手上那本《經濟學原理》緩緩蓋上，輕輕吁出了一口氣。時間來到五點半，廣播站播放著理查・克萊德曼的鋼琴曲〈星空〉。悠揚的旋律在校園中迴盪，伴著夕暉，搖曳出別樣的光影。這時，刻苦的學子們零星站起，放鬆著望向窗外不遠處的花圃。那裡花團錦簇、落英繽紛，和著旋律，總能舒緩這一方學子們的緊張心情。

今天「校園情懷」是「獅子座」流星雨的專題。

「……小行星被地球強大的引力吸引，從而進入地球軌道，與地球的大氣層劇烈摩擦發熱燃燒形成的光輝。人們管它們叫流星或隕星……」

肖默敲打著手機，將「已和別人約好」幾個字編輯好。

「青春中，我們都有許多錯過的人，遺憾的事。那麼就別再錯過三十三年一次的流星雨吧！今晚，你準備邀請誰去看這場流星雨呢？」

溫柔的廣播聲劃過心間，勾勒出肖默真實的想法。他閃過一絲猶豫，慢慢將訊息刪除，心中打著悶鼓，再次編輯。

好。

晚飯後，他在約定的地點等著謝雨。

夜空格外晴朗，漫天繁星在夜幕中悠然閃爍。蒼穹下，校園內，情侶們牽著手，三三兩兩散著步。十一月的氣溫還不算低，但肖默仍感覺手心發涼。

這算約會嗎？他思考著。

「嘿！」

肖默的肩膀被猛地拍了拍，嚇得他一個機靈，定睛望著眼前的謝雨，差點沒能認出。

她一改平日的牛仔褲、衛衣（連帽上衣）打扮，套上了一件淡紫色的粗毛線衣，下身搭著一條尼龍材質的印花裙，顯得俏皮可人，而打底的黑色連褲毛襪（毛料褲襪），則將她那雙腿襯得修長而纖細。如果只是穿搭改變，倒還不至無法認出，最大的變化莫過於她取下了那副粗框眼鏡，似乎還畫上了淡淡的眼線，與早上判若兩人。

「看到美女就傻了嗎？」謝雨將臉湊了過來，撲閃著那雙突然變大的眼睛，隨著翕動，好像會說話似的，「一會兒功夫就不認識啦？」

「妳……」肖默呆愣中找不到措辭，「眼鏡呢？」

「換上美瞳（放大片）了，帶度數的，好看嗎？」謝雨一臉俏皮，「聽說還有種『貓眼瞳』能將人瞳孔縮小，有機會嘗試嘗試，喵！」

望著那雙泛著色彩的瞳孔，有種就要被吸進去的錯覺，肖默窘迫地移開了視線。

「嗯，嗯。」

「是不是覺得今天我的變化很大？」

「是啊！確實……差點沒認出來。」一股淡淡的茉莉花香水味煽動著肖默的鼻翼，他感覺心臟在劇烈收縮。

「平時還不是配合你學習嘛，都沒怎麼打扮，這還是我第一次畫眼線哦！」謝雨將眼睛湊近，茉莉花的香氣沁人心脾，「畢竟今天日子特殊嘛！」

「日子特殊？」

「流星雨啊！老人不是常說有流星劃過時，只要誠心許願，願望就能成真嘛！」

「這樣啊……」

「喂，你怎麼一副六神無主的樣子？」謝雨歪著腦袋，俏皮般地點頭，「怎麼？才發現原來身邊有這麼一位大美女，後悔沒早點抓住吧！」

「啊，不是這個意思，我們之間……」

「知道了，知道了，跟你開玩笑呢！那就辛苦你，陪我這個找不到男朋友的人去許願可好？」

「真巧，我也沒有男朋友。」

「討厭！」

話音間，謝雨毫無徵兆地抓住了肖默的手，那裡倏地就沒了知覺，臉頰也開始微微發燙。兩人循著人群，來到了學校的足球場，這裡已陸續被前來觀賞流星雨的學生占據。尋覓了半天，才在點球點（罰球點）附近挪到一處空地。兩人席地而坐、仰望天空，視線中，數萬光年的星星和地上的人們沒有任何交集，超然閃亮著。

肖默記得，那晚第一顆流星於八點二十三分從夜空驟然劃過。當時，謝雨激動得從地上蹦了起來，沒有一點女生該有的樣子。可那一瞬間，卻覺得她可愛極了。

約莫十分鐘後，流星漸次密集起來，形成了小範圍的流星群。肖默望著被不斷點綴的天空出神，這般場景，像極了小時在天臺上觀看過年時的煙花（煙火）表演。那時少不更事，還幻想著今後會牽著誰的手，一起觀看這般景致。他轉頭望向身旁。

那個人是妳嗎？

驟然間，從角旗桿方向傳來一陣騷動。肖默循聲望去，看到了人群中的侯得星。只見他高高躍起，似乎不斷吶喊著什麼。那當口，周圍的同學不約而同地豎起耳朵，默契地為他留出了一條安靜的「通道」。

「林靜——我要和妳永遠在一起！」

清晰的吶喊聲傳遍整個球場，大家歡聲雷動、不斷起哄。肖默搖頭苦笑，心想這傢伙還是這副德行，卻見謝雨倏地站了起來，也衝著天空劃過的流星高聲吶喊。

「肖默——我要和你永遠在一起！」

來自女生的告白讓球場沸騰起來。現場的人們紛紛站起身來，用相同的方式爭相吶喊著。

「羅子怡，我要和妳永遠在一起！」

「方月，我要和妳永遠在一起！」

「李潔，我要和妳永遠在一起！」

「……永遠在一起！」

地上的人們聲浪交織，天空的流星追逐穿梭，終於迎來了流星風暴。各個輻射點中，密密麻麻的流星將黑幕渲染得斑斕多彩，在迅速燃燒後留下一道道橫貫夜空的雲霧狀餘跡。很快，又被另一波流星群刷出新的光芒。

綺麗的星辰如風暴般在天際壯麗噴射。肖默體內，也有股小宇宙在肆虐。

☽第七章

「快看，是火流星！」

伴隨著破空而來的「沙沙」聲，遠方的流星貫穿天際，宛如一條閃閃發光的紅色巨龍。天臺角落，江楠的視線隨著那道軌跡移動，直到被眼前林立的樓群遮擋，才緩緩垂下目光，再次漾開笑意。

「真該把小花也帶上來，牠一定從未見過這樣的天空！」

「誰？」媽媽臉頰比起前兩年消瘦不少，膠原蛋白的流失顯得臉上的皺紋更立體了，連生出的斑點，都栩栩如生。

「一隻流浪貓，也不知道是被哪家遺棄。很小一隻，看著挺可憐的。」江楠還記得小花那孱弱的身軀，脆脆的骨架，那種弱不禁風的觸感彷彿已將牠捧在手裡，感受著小小身體呼吸時的起伏。

「之前沒聽妳說過，帶回家裡餵過嗎？」

「沒有。」

「想收養牠嗎？」

「可以嗎？」江楠有些欣喜地望向媽媽，目光卻很快黯淡，「算了……」

媽媽轉過臉，輕輕問著：「怎麼呢？」

「這麼大個人了，連自己都照顧不好，帶回來還不是丟給妳。」

「這有什麼，只要妳喜歡就好。」

江楠看著媽媽，努力勾了勾嘴角，還是搖了搖頭。

「在我眼中，妳永遠都是媽媽的女兒嘛！無論多久都是，永遠也不會長大……」

「我倒是希望能長大。」江楠打斷。

「嗯？」

「沒什麼。」

「妳要知道……」媽媽的身子悄悄靠了過來，她將手搭在江楠的腦袋上，輕輕撫摸著，「江楠是媽媽這個世界上唯一的親人，心中在想什麼，有什麼不高興的，都得告訴我啊！」

「我挺好的。」江楠輕輕呼吸吐納，不想糾纏這個話題，「大學……認識了很多朋友，也長大了，不會再想那些不愉快的事了。」

「真的嗎？」

「真的，挺好的！」她語氣分明在刻意強調。

「那中學時呢？」

「什麼？」

「中學時，真有這麼多人愛和妳開玩笑？」

江楠沒有說話，知道媽媽想表達什麼。她拿著手機的右手將螢幕不斷解鎖打開，滑拉兩下卻不知要做什麼，又尷尬地按下鎖屏，嘆了口氣。

「其實，從那時起……」媽媽繼續著，「發生的很多事情我都知道。」

雖然早已料到，但當這句話從媽媽嘴裡親口說出後，江楠還是感到心中一緊。她斜斜望著那張臉，發現平日柔和的瞳孔倏地出現了焦點，匆匆躲開。

「媽媽……呃，指什麼事？」

「那條碎花連衣裙……自從那天後，江楠就再也沒穿了吧？」

「嗯，嗯，那是，那是因為……」

能因為什麼呢？

江楠想解釋，卻張著嘴無法開口。

「如果沒猜錯，那個總穿著白色T恤的男生和韓冰是同一個人吧！」

「媽媽妳知道？」江楠感到詫異。

「小傻瓜！」媽媽嘴角向上揚著慈愛的幅度，「都說了妳是媽媽的女兒嘛！每次吃飯時妳跟我提到的那些人，只有那個穿白T恤的沒有名字，我怎麼猜不出來？」

「可……」江楠吐了吐舌頭，撓著頭皮，「記得我在提到他們時，都是說他蹺課、打架之類的吧！」

「這不重要。從每次妳一提到他的眼神中，我就讀到了妳很關注他，而且，可憐的江楠還找不到朋友傾訴。」

陽光下的那個微笑，那件潔白無瑕的T恤，那個清秀的側臉輪廓，還有那道始終煥發活力的身影……朦朧的畫面在她腦海中閃回，當年的一切，仍深深藏在心中。或許很多年後，她不會再記得韓冰這個名字，只有那件白色T恤作為永遠的符號繼續鐫刻在時光的青澀中。

「他這麼優秀，和劉兮茹是天生一對……對我沒有感覺。」

媽媽淡淡地搖了搖頭：「就像妳說過的『怎麼看得上那麼差勁的男生』，應該是他沒有這個福分！」

江楠望向媽媽，發現此時的她一臉認真，才緩緩收起剛才勉強擠出的微笑。

「哎，都過去了……」

「可是……」媽媽垂下眼瞼，下方顯出深深的眼袋，「為什麼妳再也不穿那身裙子了呢？」

為什麼呢？

怕同學奚落，怕大家議論？現在看來只是表白失敗而已，有什麼大不了呢？這分明是屬於我自己，且只有一次的年華啊！

「無論喜歡的人是否和妳在一起，妳都得是自己喜歡的樣子，得學會愛自己！」

江楠將頭深深埋下，她本想逃避，腦海中卻不斷反芻這句話，內心一隅感到隱隱作痛。

媽媽凝視著江楠，瞳孔中蕩漾著煙水霧波：「愛從來不是別人給的，別人給的只會讓妳患得患失。就像『小花』那樣的流浪貓，或許很多人都會愛牠，扔一個火腿腸，摸摸牠的腦袋，誇牠一句好可愛呀，但是又有多少人願意領牠回家呢？流浪貓知道在下雨的時候躲起來，餓的時候翻垃圾桶，野狗追牠的時候拚命跑開……這就是牠被遺棄後，愛自己的方式。哪怕如此艱難，也從不寄希望某個肯收養牠的人忽然出現。流浪貓如此，我們也是如此，因為愛永遠要靠自己爭取，而不是別人施捨。」

天空上的流星傾瀉而下，色彩交匯流動，瞬息萬變，如同幼時玩過的萬花筒。

「其實……」眼睛感覺像進了沙子，江楠想拿手去撥弄，又忍了下來，「我和方睿已經分手了。」

「這我知道啊，只是妳還不想告訴我而已。」媽媽淡淡一笑，「否則前幾天，妳也不會提議流星雨這天陪我這個黃臉婆了。」

江楠苦笑著搖了搖頭。

那個男生還是在迎新晚會上認識的。那天，臺上燈光瑰麗迷幻，臺下觀眾人聲鼎沸。逆光下，一個個輪廓如剪影般瘋狂搖曳，宣告著就此解放的青春。最後一排的江楠一個人貓著腦袋玩手機，方睿就坐在她旁邊。第一印象中，這個男生十分開朗，不斷尋找話題。江楠也不排斥，就留下了聯繫方式。生活中他對她頗為照顧，一來二往，就確定了關係。他人雖然不高，長得還算乾淨，對江楠也不錯。這個男生總在下雨天時脫下衣服，擋在她的頭上。去食堂時，會提前為江楠擠出一個位子，示意她上前打飯。他很體貼，江楠也很珍惜。兩人會在人少時牽牽手，行走在晚風輕撫的小徑上，偶爾也會輕輕抱在一起。可幾個月過去，兩人的關係始終停留在這層，沒有再進一步親密接觸。江楠不傻，她知道沒有哪個男生願意和女生止步於此，但她更清楚，自己顯然還沒有做好發生更親密行為的準備。等到結婚那天過於理想，可至少也得等兩人畢業，有了工作……江楠很害怕，她害怕和異性發生這樣「粗暴」的關係，更害怕失去方睿。情侶間性行為的缺失，她不斷通過其他方式彌補。不過江楠清楚，這只是自己一廂情願地逃避，隨著時間的推移，她越發感受到這個男生不斷給出的暗示。表面她裝作不明所以，內心百骸奔流。

這個月我希望能專注備戰資格考試。

這週我不方便。

今天有些累。

但這一天還是到來了……

「可能有點疼，妳忍一下！」

「不行……對不起！」

學校附近的一家廉價招待所內，江楠將方睿一把推開。她用手使勁將被子捂在赤裸的胸前，驚恐的目光在瞳孔中閃爍：「我……不行……對不起……」

方睿一絲不掛，尷尬中帶著不解。明明前一刻兩人還在纏綿，哪怕過程中江楠有些抗拒，但他理解為女生都總要先裝裝矜持，半推半就罷了。

「應該是我說對不起。」他紳士般地道歉，「是不是我弄疼妳了？」

江楠解釋著，稱不是他的問題，是自己還沒做好準備。那個夢魘般的夜晚，仍在腦海中縈繞。眼前，脫掉衣服後的方睿似乎不再溫柔，那副赤裸的身軀和那個醉漢一模一樣。她閉著眼睛，感覺全身肌膚的毛細血管都在膨脹，就要爆裂。

方睿挪著屁股靠了過來，輕輕用手觸碰著她的胳膊。眼見沒有反抗，又不安分地向其他地方探去。

江楠按捺不住，一把搧開。他面有怒色，還是忍住了。

兩人緘默不語，各懷心事。須臾，方睿開了口。

「沒關係，這種事情也不能勉強，不過……」他遲疑著，還是說了出來。

「妳下面沒有流血，應該不是第一次。」

江楠將扔在地上的內衣穿上，默默套上了衣服。她稱自己的確不是第一次，但依然不能接受這樣的行為。言畢，她帶上東西，奪門而出。方睿赤裸著身子，沒有追出來的意思，爾後也沒再打過電話。那一天起，她終於知道男人是這樣一種奇怪的動物。他們野蠻到為了發洩性欲，可以違背女性意志強行交媾，為此不惜犯罪坐牢。他們又很傳統，對女性是否還保留「第一次」異常在意。哪怕嘴上不說，卻心存芥蒂，會以一種「妳已不再純潔」的眼光活刮著妳。她恨男生，也恨這樣的自己。回家後逕自反鎖在房中，哭了整整一晚，但內心的碎片已如齏粉，再也沒可能拼回。

「是我把他甩了。」江楠嘴唇繃著緊緊的線條，她勻速呼吸，五官卻已來到了懸崖邊緣，「對那種男生沒感覺……」

媽媽將視線調至遠方，嘴角肌肉呈現出怪異的鬆弛：「沒感覺的男生就不要勉強。」

「嗯。」

「可前幾天，我有聽到妳在房間哭。」

「畢竟認真過……」

「如果是因為要做那種事，就不要勉強自己。」

江楠心中猛抽，聲音細若蚊吟：「不是這樣的。」

「其實我知道，江楠根本無法接受男女之間的性行為。」

「都說了不是這個原因！」江楠臉色煞白，又是一陣惡寒。

媽媽的神情變得黯淡：「那天如果能來接妳，或許就不會……」

「別說了……」江楠不自覺地將雙腿抱至胸前，嘴唇不住哆嗦。

「那天，我都想過要……我應該來接妳的。」

「別再說了……」

「要是爸爸能在……」

「別說了！」

江楠幾乎吼了出來。

說。江楠是媽媽唯一的親人，媽媽又何嘗不是江楠唯一的親人呢？只要媽媽能在身邊，其他我不稀罕！」

「沒有，沒有。」酸楚再次襲來，江楠使勁搖頭，淚花在空中飄散，「從來沒有，我不准媽媽這樣了，再哭妝要花了……」

媽媽拭著眼淚，嘗試平復：「江楠，妳沒有抱怨過生在這個家庭嗎？從來沒有抱怨過媽媽嗎？」

「媽，不要哭……」江楠的聲音也嗚咽起來，仍努力控制，「是媽媽告訴我的，要樂觀……別哭裡變得斑駁。

江楠心裡不是滋味，聲音也如被抽去了生氣，空落落的：「不是這樣的……媽媽，不是這樣……」她汪汪有淚，不斷叫喚。可媽媽正以手掩面，轉頭過去。流星的光暈落於她的發梢，顏色忽明忽暗，讓那傻的輪廓在明暗間不停交替，抽泣的身影在漆黑的夜晚不斷被點亮、熄滅。

「都說了跟妳沒關係！」江楠眼中噙淚，卻刻意提高偽裝的音調，「媽媽不要哭，不准哭！」

眼前那個堅毅的女人早已按捺不住，將臉埋進掌心。伴隨著整個城市的喧囂與落寞，她弓著背，佝

「是媽媽對不起妳……」調整許久，媽媽發出的聲音還是帶著嗚咽。

「未來也不需要！」

「我不需要爸爸！從前不需要，現在不需要……」江楠語氣堅定，卻發現媽媽已在淚光中融化，

媽媽身子微微發出顫抖，努力忍著。

自己一把抹掉，「我從來就不需要爸爸！」

麼關係！還有，不要扯我爸爸，我也不要什麼爸爸！」悄然間，江楠淚珠溢出眼角，順著臉頰流淌，被

「那天晚上是我自己不小心！那個人渣，他就是個強姦犯，已經受到了應有的制裁，跟媽媽又有什

「可是有什麼用呢？江楠慢慢長大了，她將自己封閉起來，不讓媽媽靠近。這些委屈她再也不會告訴我，都一個人默默承受。媽媽多希望江楠還是那個長不大的孩子，能和媽媽一起分享快樂，和媽媽一起分擔委屈。」

江楠內心生出一陣絞痛，連連搖頭：「江楠還是那個江楠，女兒沒有變，永遠不會變！」

「這幾年來，江楠承受過多少異樣的眼光，受到了多少委屈媽媽還不知道嗎？」媽媽鎖著眉頭，嘴角仍舊發顫，「學校那些事真像妳告訴我的那樣嗎？如果真有那麼多朋友，為什麼每個週末都跑回家呢？這些我都清楚，只是妳怕媽媽難過，不想讓媽媽知道。」

「不重要，這些都不重要了。」江楠忍了忍眼淚，在確定不會掉下來後才再次開口，「我不准媽媽這樣說，沒有妳就沒有這個家。即便受到再多欺負、再大委屈，只要回到家裡，有媽媽在，我就不怕！」

話音未落，江楠感到自己被有力地抱在了懷中。

「不怕，不怕，有媽媽在，不怕！」

深秋的晚風徐徐吹過，吹不散愛的溫度。

「答應媽媽。」

「什麼？」

「今後有什麼事情不能再憋心裡，有媽媽在，都得告訴媽媽。」

江楠點著頭，視線再次模糊開去。

媽媽的眼睛四周也漲得通紅，多年來積壓的苦楚還未待奔湧暴發，便已化作兩行感動的淚水，融化在淒涼的夜色中。她把江楠那張小臉輕輕捧起，將兩側的髮絲順到耳後。撫摸下，女兒原先緊蹙的眉心漸次鬆開。

「別傷心了。」媽媽擤著鼻子點點頭，「媽媽也不哭了，我們都不許哭。如果這個世界不愛我們，我們就要學會愛自己。」

江楠眨著婆娑的眼睛，狠狠點頭。驀然間，她抬起頭，一臉遺憾：「不過好可惜。」

「可惜什麼？」

「早知道……」江楠用手指梳理著頭髮，努了努嘴，「氣氛都到這裡了……我要隨身帶著啤酒就好了。」

「噗哧——」

媽媽破涕為笑，坦然地望向女兒，露出意味深長的微笑。江楠也望著媽媽，瞳孔中那個身影，彷彿就是青春歲月裡最要好的朋友。

蒼穹中的流星，美得驚心動魄。兩人的眼神輕輕碰到了一起。

「切絲！」

「切絲……」

母女倆席地而坐，兩人如青蛙趴在井底般仰望著天空一隅，將視線聚焦於那一塊被擠壓下的星空。江楠不時輕輕將手抬起，用指間在眼前反覆調整，彷彿這樣就能將流星抓住，留住轉瞬間的美好。天臺這個角落，視線早已不像原來那般開闊。放眼望去，四周樓房紛紛拔地而起，朝自己慢慢聚攏，就像要將這裡全部覆蓋似的。與周邊雄偉的摩天大樓群挨在一起，令這座老舊的住宅樓顯得那麼格格不入。

「在想什麼呢？」許久，媽媽開口。

「感覺人生就好像流星一樣。」江楠依偎在媽媽身旁，腦袋在大衣的肩線處摩擦，觸感熟悉而柔軟，這件呢子大衣媽媽穿了快十年，已帶上了她獨有的味道，「突然而來，又悄悄消逝……」

「這就是每個人的宿命啊，誰都無法改變。短暫的時光中無論如何絢爛，終歸會有熄滅的那天。」

「那人這輩子是為了什麼呢？」

「開心啊！人生在世，最重要的就是開心。」媽媽回答，這還是她那個年代「TVB」中的經典臺詞。

「如果有太多不開心的事呢？」

媽媽沒有回答，而是將視線探向那片無垠的星空。「江楠相信有平行世界嗎？」

「什麼？」

「有人曾說這個宇宙中其實有很多個世界，每個世界都有一個自己存在。所以當妳現在選擇左邊時，平行世界中的另一個妳或許選擇了右邊。」

「哦，這樣啊……」

「所以在另一個世界中，或許還有一個江楠，正過著截然不同的生活呢！」

「她會比我過得更好嗎？」

「我也不知道。」媽媽笑著搖了搖頭，「也許當妳感到難過時，另一個世界的江楠正開心地笑吧！而當她遇到困難時，妳卻會在這個時空經歷幸運的事。所以無論如何，總有一個世界的江楠是開心的哦！」

「總有一個世界的我是開心的……」

江楠的臉龐霎時明亮起來，那是遠方流星散發的光芒。

「同樣，總有一個媽媽也是開心的。」

「那會不會在另一個世界中，我是妳媽媽，妳是我女兒呢？」

「為什麼這樣想呢？」

「當大人多好，不用被人管。要是我能和媽媽交換就好了，看我怎麼管妳！」

「哈哈，想得美！不過時間過得可真快，咱江楠居然都快二十歲了……」媽媽發出感慨，「總感覺還是那個小不點，還像在昨天一樣！」

「是嗎？我反而覺得時間過得挺漫長，要能快點長大就好了。」

「哦，為什麼？」

「不知道。」江楠遲疑著，聲音越來越小，「或許長大了，就不會這麼難了……」

「什麼？」

「啊，記得嗎？」江楠擺擺手，想起了另一件事，「小時候，妳總不讓我上天臺玩，說這裡太危險。」

「當然記得，每次妳都當耳邊風。」

「其實我當時不都是來玩的。」遙遠的記憶開始復甦，江楠將目光望向遠方那片就要消逝的餘跡，「有次遇到不順心的事，心裡憋得難受就一個人上來了。」

「妳不會想不開吧！」

「哪有，當時周圍還沒這麼多高樓……」江楠指著面前的那棟樓房，「那裡還沒有開始蓋，後面有個公園，是片開闊地。心情不愉快時，我都會衝那個方向大喊幾聲。喊完後，心裡面也就不那麼難受了。」

媽媽望著那片黑壓壓的建築，喃喃自語：「原來是這樣。」

「所以這裡慢慢就變成了我的祕密基地。」江楠一臉尷尬，用手將額前的髮絲撥開，撓著頭皮，「是不是很傻……」

話音未落，她倏然發現自己的手腕被母親抓起，感覺有些硌人。那是一雙缺乏保養的手，表面肌膚的角質早已破開，到處遍布著皸裂的口子。

江楠被媽媽領著帶到了天臺邊緣。晚風拂面，她望著對面那棟擋住公園的建築，不經意間掃到一家亮著燈的住戶。客廳內光線明亮，傢俱富麗堂皇，一家三口好像在開心地做遊戲。

「當時妳是怎麼喊的？」

「啊？」江楠感到詫異，「問這個幹嘛？」

「可以告訴我嗎？」媽媽向她投來柔和的目光，「我很好奇。」

「每次我都會喊『霉運霉運給我聽好了，要是不想倒楣的話，都給我滾開』。」

「就這樣？」媽媽哭笑不得。

「是不是好傻？以後可不准拿這個事取笑我……」

「霉運霉運給我聽好了——」

驟然間，媽媽對著遠方大聲吶喊，嚇得江楠一個激靈。

「要是不想倒楣的話——都給我們——滾開——」

江楠呆呆愣著，才明白母親是在學自己。

「小聲點！」她連忙反應過來做出一個「噓」的手勢，「要是被物管發現，就得被趕下去了。」

「沒事，大家都在看流星雨，誰會來管我們？」媽媽灑脫地笑著。

誰會來管我們呢……江楠會心一笑。

「霉運霉運——給我聽好了——要是不想倒楣的話——都給我們滾開——」

媽媽又喊了一遍，江楠也被她的舉動感染，跟著齊聲喊了出來。

「霉運霉運——給我聽好了——要是不想倒楣的話——都給我們滾開——」

「霉運霉運——給我聽好了——要是不想倒楣的話——都給我們滾開——」

聲音如同穿過了周圍堆砌的水泥鋼筋，飄向了遙遠的虛空。

「是不是感覺暢快許多？」

「對啊！虧妳想得出這種方法！」

「要不怎麼是妳的女兒呢？」

「哈哈哈哈……」

兩人彼此望著嬉笑，聲音在空曠的天臺上格外敞亮。遠方天際，一顆流星再次劃下。

「媽媽快看，又一顆火流星！」江楠指著那片天空，「都忘了，要許願啊！不然看流星幹什麼？」

「許願啊……」

「對，對，趕緊許！不能說出來哦！」

母親望著遠方的天空，那束來自迢遙世界的光，孤獨而冷漠。她緩緩閉上了眼睛。

江楠也跟著將眼皮闔上，黑暗朦朧中感受到流火般的光暈。電光火石間，某個念頭在心中一閃而過。

☼第八章

「還放鹽嗎？」從廚房走出的謝雨將雙手放在胸前圍裙上輕輕摩挲，「桌上就有。」

話音甫落，肖默已一口氣將瓷碗中挑起的麵條吸進嘴中，發出一陣順暢的滿足聲：「唔，不用了……」他上下咀嚼，含混不清地回道，「味道剛剛好。」

謝雨點點頭，語氣卻生出埋怨：「那有什麼用？每次早上你都趕著上班，恐怕就是白水煮麵你都嚐不出差別。」

「哎，我倒想細嚼慢嚥。」

「可晚上也經常不回家吃，長期在外面吃不健康嘛！」

「到年底了，妳知道公司的事忙不過來。」

「別太辛苦了，抽個時間趕緊去體檢。」謝雨將碗筷收到一起，「再晚，你們單位今年名額就要過期了。」

「嗯，知道了。」肖默連連點頭。

「你知道個什麼……」謝雨放下餐具，從圍兜中亮出一張卡片，「你醫保卡都還在我這裡，又今天拖明天的！」

「沒有啦！」肖默笑著解釋，「拿身分證都能登記檢查的。」

「你得增加項目呢！『肝功』、『腎功』……反正都去抽血了，這些都得一起查查。」謝雨強調，「成天工作這麼忙，這次不檢查還等到哪次？」

「嗯，好的。我都記住了！」肖默點頭如搗蒜，又無奈地搖了搖頭，「妳現在都快成我媽了。」

「還有……」謝雨繼續著，「把『X光』取消，換成『低劑量螺旋CT』。我昨天在網上查了，兩個輻射差不多，但X光根本看不清楚。如果時間允許，其實最好預約個『核磁共振』。」

「知道啦，婆婆媽媽的。」肖默揶揄著將外套披上，來到了門邊，「妳也趕緊收拾上班了。」

「工作上的事慢慢來，別太在意。」謝雨遲疑片刻，還是說道，「這次競聘（升遷考核）不用太在意。」

「嗯！沒往心裡去……」穿上皮鞋的肖默已將門推開，「走了。」

防盜門被順手帶上。

今天的心情不算愉快，也不算糟糕。肖默同往常一樣，上著每天都要上的班，搭著每天都要搭的地鐵。單位離家有些遠，都得早出晚歸，若是遇上早高峰，甚至擠不上地鐵。他不禁懷念小時候熟悉的公車，不僅能看到窗外的景物，空氣更不至於這麼悶。今天地鐵上的人不算多，但也沒能找到座位。肖默左手抓住晃動的圓環，右手不停點著手機。這段時間他向來都是靠刷新聞來消遣，國內國際、財經體育，都隨便點開看看。一切都與自己息息相關，又好像沒什麼關聯，沒有多深刻的體會，就這麼麻木地看著。同一個姿勢保持得有些難受，他索性將手機放下，百無聊賴地望向四周。目光中，拿著手機的上班族們紛紛緊握圓環，隨著車身輕輕晃動，還是一如既往的光景。

出了地鐵，公司那棟建築就已欺近眼前，遮擋了東邊升起的太陽，給人一種突如其來的壓迫感。當然，縱然提前一個站下車，都還能遠遠看到那高聳入雲的一角正向晴空不斷延伸。靠近門口，兩名保安筆直地站在眼前，紋絲不動。面對門口過往的職工，他們彷彿就連眼球都不會眨一下，如同兩側巨大的石獅子。肖默拾階而上，步入大廳，那裡一如既往金碧輝煌，同事們也一如既往西裝革履。

「好啊！」

「好！」

招呼完後，大家紛紛埋頭看了眼手錶，再機械性地拿出手機解鎖。上一波載滿的電梯才剛剛爬上去，等待期間互相看著手機，你我間就不用費腦筋想要聊什麼了。他與大家都很熟，又並不怎麼熟。來到電梯裡，同部門的鄭翔又習慣性站在了電梯按鈕旁，他總殷勤地幫所有人按下樓層，而同事間無論男女，和這個人總有聊不完的話題。只見他那雙本來就不大的眼睛總是瞇著，更看不到眼睛了。肖默遠遠打量，頗為反感。明明就戴著一張虛假的面具，可大家為什麼都感覺不出來呢？

他來到工位，眼前辦公桌上待處理的文件仍舊摞在那裡。昨晚哪怕加班到十點也沒能完成。肖默不予理會，正待將電腦上的郵件點開查看，座機又響個不停。不需要適應，手忙腳亂的狀態每天都一樣。

「昨天那個郵件回覆了嗎？」

鄭翔的聲音忽然傳入耳膜。

「還沒。」

「怎麼回事？昨天我不是說了要儘快處理嗎！」鄭翔已經站在了他身後。這一刻，幾乎能感到破口而出的氣息已徑直噴到了後頸窩裡。

才幾天而已，這個人就拿起了「令箭」。

「我知道，鄭……總。」肖默的舌頭打著繞，如何都無法將眼前這個後入職的同事與副總經理的頭銜聯繫在一起，不過他更多是感到憤憤不平，「昨天手頭的事情實在太多，我馬上處理！」

「還沒處理？上次我不是再三強調做事要分輕重緩急嗎？」鄭翔叉著腰，表情誇張，這時眼睛一點都不小，「那個郵件省行專門打過招呼，連陳行長都十分重視，怎麼能拖？」

輕重緩急……肖默知道工作上沒有哪件事是不重要不緊急的。很明顯，但凡沒能按時完成的工作，都會變成領導口中最重要最緊急的那一項。可氣的是，還偏偏被扣上了做事拖的帽子。

「我沒有拖。」肖默稍許不快，也只能耐心解釋，「昨天鄭總你讓修改的《地鐵「新風系統」項目貸款可行性研究報告》得對每個網站的輸送量調研，涉及到大量調研資料，確實沒來得及。」

「來不及得即時溝通啊！」鄭翔砸著嘴，口氣似在傳授職場最基本的規則，「今天陳行長一早就打電話來問情況。你說我該怎麼交代……」

「鄭總是在怪我？」肖默倏地抬起頭來，與鄭翔四目相接，「你就沒想過為什麼我昨晚忙到十點都還沒能處理完這些工作？」

「肖默？」鄭翔有些詫異，不得不在全部門同事的聚焦下努力地拔升著自己的氣場，「注意你的說話方式和態度！」

「我說話怎麼了，我的態度怎麼了？昨天讓做《可研報告》的人是你，要求回覆郵件的也是你。我就一個腦袋一雙手，忙到凌晨才回家。來，你告訴我怎麼做?!」

「你是小孩嗎？你是第一天上班嗎？」鄭翔冷冷笑起來，「工作強度一上來就開始耍性格？」

「耍性格？這個部門我不就是幹得最多，拿得最少，還最沒脾氣的那個人？」肖默第一次據理力爭。

「給你臉了是嗎?!你真以為你有本事啊?這次競聘怎麼不選你當領導……」

「論能力,我有差過嗎?你一個成天只會和同事們打情罵俏的人,除了用那雙虛偽得不能再虛偽的表情換來的人緣,有哪一點比我強?」肖默搶著將話噴了出來,「再說,你不就一成天捧臭腳的屁精嗎?背後送了陳行長多少禮非得要我說出來?」

「肖默,你住口。」鄭翔尷尬地用餘光掃著周圍,一時惱羞成怒,「沒根據的話可別亂說啊!你……今天到底想幹嘛!」

「我想幹嘛?我早看你不順眼了!」

話音間,肖默將握緊的拳頭揮了過去……

「眼看就要年底考評了,這一年大家明明都這麼努力,出這麼個岔子讓我們部門多被動?」鄭翔的質問繼續著,打斷了肖默方才想像的畫面。

肖默發現才短短幾句話,這個新領導就將矛盾上升到了與整個部門的衝突。他儼然一副為集體謀利益的高光姿態,而自己,則變成了那個連累整個部門的罪人。他不得不將鍋默默背上,否則在領導嘴裡,自己又會變成一個推卸責任,只會找藉口的員工。

好半天過去,鄭翔終於哼著小曲慢慢移開,挪到了隔壁辦公桌上,與新調來的女同事有說有笑。辦公室和諧的氣氛一如既往。

忙活了半天,肖默才將處理好的郵件發送出去。他揉著發脹的眼皮,仍不斷檢查,若再被那個傢伙以同一件事情搶白那就太糟糕了。可肖默剛將頭抬起,眉宇間的褶皺還沒來得及舒緩,電腦桌面上的工作消息又閃個不停,早上堆著的事情早已在那裡狂秀存在感。他嘆著氣,又將身子微微弓低,快速敲打起鍵盤，與周遭的鍵盤聲融合在了一起。至於體檢的事，早已徹底從今天的安排中剔除。

工作根本忙不完，時間卻很快消耗殆盡。來到中午，食堂裡的肖默拿著餐盤，卻察覺後背被人拍了一下。

「辛苦了！」

鄭翔的眼睛又回到了只有一條縫的大小。

「沒有，這本來就是該我完成的。」肖默一副敷衍口吻。

鄭翔示意著，兩人在食堂角落的空位上坐下。

「今天菜還蠻不錯的！」鄭翔嘴裡包著菜，在兩側咀嚼肌的擠壓下，眼睛顯得更小了。

「是啊。」肖默對拋來的話題隨口應著，但打心裡認為恰恰相反。這幾年單位食堂的食材雖不錯，可味道不敢恭維，每天都是同一種味道，連每樣菜都是同一種口味。話音間，肖默狼吞虎嚥，周圍嘈雜的環境，單調的午餐讓他沒有心情細細品嚐。況且，對面那個人也不是一個想去聊天的對象。肖默現在只想早點回到辦公室，將遠遠落後的工作進度趕上。

「你家那位在哪裡上班？」鄭翔繼續著，他總愛打探同事間那些事。

「政府單位。」

「那挺不錯的，穩定又能顧家，嫂子肯定很賢慧吧！」

「嗯，還行。」

這倒是真的。

「像咱們這樣每天奔事業的，沒有個賢內助可不行。」

「還真是，我每天早餐就是她親手做的，只是晚上加班就吃不到了。」

「可以啊！」鄭翔捏著筷子，用手背碰了碰肖默的胳膊，顯得和他十分熟絡，「聽說大學就在一起的吧！」

「在高中就認識的。」肖默強調了一下。

「好你個肖默，你真是人生贏家啊！這麼早就碰到真愛，還是同學……嘖嘖嘖，怪不得聽好多同事提起，你們可是大家眼中的『模範夫妻』啊！」

「哪有？婚姻可是座圍城，早早交代了青春。哪還能像鄭總你這樣『桃花』朵朵開？」

「哎！」鄭翔擺擺手，「那些都是逢場作戲，好多根本就不是正經女人……」倏地，他那張臉在不覺間靠近，表情變得猥瑣，「當然，身材簡直沒得挑，穿得那個火辣……你說我們成天這樣拚命工作，不就是為了能有資本挑三揀四、三心二意？」

這擺明是在炫耀吧！

「按鄭總意思，你升職加薪全就是為了女的？」肖默語帶嘲諷，「升職加薪」這四個字加重了語氣。

「哎！什麼社會責任、人生目標哪個不是虛的？咱們追逐金錢地位難道是因為吃得不夠好、穿得不夠暖？當然是為了女人嘛！所謂飽暖思淫欲，你看古時候，哪個成功的男人不是三妻四妾？就是落草為寇的強盜，不也成天幻想著搶個黃花大閨女回去當壓寨夫人？哈哈，所謂英雄難過美人關。正是這種最原始的慾望，才支撐著咱們不斷努力，改變世界。」

「瞧鄭總你，說得男人都是用下半身思考的動物不成？」肖默帶著鄙視，「照這樣說，結婚的人豈不都通通出軌了？」

「別不信，我總結這婚姻中的男人啊也就分兩種。一種是已經出軌了的，還有種是成天在糾結要不要出軌的……男人嘛，都是吃著碗裡面的，看著鍋裡面的！」鄭翔賊笑兮兮，將臉湊了過來，「我這邊『資源』挺多的，要不給兄弟你物色幾個？」

肖默停止了咀嚼，詫異地望向鄭翔。

「哎！你瞧我……」鄭翔拍了拍腦袋，一副恍然大悟的模樣，「都忘了你老婆的事了。別人我不敢說，你可是個負責任的好男人！」

肖默啞然，卻不知為何竟有些失望。

片刻，鄭翔又將腦袋抬起，表情變得嚴肅。

「早上的事可別往心裡去，工作歸工作，下來大家都是兄弟。」

「不存在，鄭總，是我沒把時間安排好。」

「我也有問題，因為工作上……特別是陳行長交代的事我著急啊！希望兄弟你能理解。」

「對了，鄭總……」肖默想了想，還是決定認真彙報一下，「現在我手頭上有好幾個項目，處理完郵件後早上的事情都是堆著的，確實忙不過來。」

「現在正是年底，事情多很正常啊！要不你告訴我哪個比較閒，我直接將事情分給他。」

肖默一時不知該怎樣開口。

「所謂能者多勞嘛！」鄭翔繼續打著一副好官腔，「再說，要是什麼業務你都能承接下來，今後你就是專家，我都得要向你學習啊！」

是啊，我什麼都會，什麼雞毛蒜皮的麻煩事都讓我料理，升職的卻是你鄭翔。肖默冷冷笑著。

「我怎麼不知道大家的事情多？」鄭翔又變成語重心長的口吻，「但每次工作來了不能慌，得有條理，事情得一件一件做好啊！」

這些大道理簡直說得滴水不漏，肖默發現，自己不僅沒能表達出每天加班仍無法完成工作的現狀，反而還被暗暗扣上個「做事情慌、沒有條理」的帽子。此時的他，真想為鄭翔的領導藝術鼓掌，無論怎樣，這個人都能將責任冠冕堂皇地推給別人。總之，工作就是永遠做不完，但做不完，永遠都是自己的責任。

去你的！

「嗯，我知道了。」

「哎，不說工作了，今後還有不少事得靠兄弟們幫我照應呢！」

「工作上的事我都會全力以赴的。」

「只靠你怎麼行，我們要一起努力嘛！」

「嗯，一起加油！」

「你瞧咱們，吃飯就好好吃，總是三句離不開本職工作……中午沒事吧，要不一起出去走走？」鄭翔用手朝自己圓鼓鼓的肚皮劃著順時針，「得勞逸結合，身體才是革命的本錢吶！」

你倒是愜意！

「不了，早上堆著的事情還沒處理完呢！」

「好吧，辛苦，那就下次。」

兩人一邊說著，將餐盤放回了食堂入口的餐具回收處。

時間來到下午，工作仍是一如既往。一如既往地接打電話；一如既往地回覆郵件；一如既往地撰寫材料；一如既往地填寫表格……當身體感到一如既往疲憊時，時間也一如既往地指向了六點，可工作，還一如既往剩下不少，而鄭翔，卻一如既往地開始張羅部門同事們的夜生活。

「肖默，不一起？」門口邊的鄭翔衝他招呼，背後那些同事早已按捺不住下班後的瘋狂。

「不了，還有工作沒做完，你們玩得高興！」

「好吧，那下次！」

背後傳來一群男女的狂歡聲。

「走！先帶大家抄館子，嚐嚐隔壁那家新開的火鍋店！」

「就是那家！我今天正好看到『朋友圈』的推薦。」是一名男同事的聲音。

「吃完火鍋後怎麼安排？」鄭翔的聲音。

「去喝酒！」還是那名男同事的聲音。

「好啊，好啊！」居然還有女同事在附和。

「那咱們出發，今天我請客，這次的競聘，感謝大家對我鄭翔工作的支持！」

「Yeah!」

「太棒了！」

門外的喧囂聲漸行漸遠，消失在電梯拐角處。

辦公室內燈火通明，肖默卻感到被黑暗包圍，人生的目標也再一次模糊起來。畢業後，肖默在父親的主張下，選擇向這家國有銀行遞上簡歷，在經過筆試和面試的篩選後，順利得到了這份工作。出生以來，他已習慣這種順利，無論是考試還是比賽，自己都能如願獲得想要的結果。這樣的人生，總一帆風順。感情也是如此。參加工作後沒幾年，在雙方父母的催促下，自己和謝雨就步入了婚姻的殿堂。謝雨考上了公務員，每天過著朝九晚五的生活，比起自己輕鬆不少。暫時沒打算要孩子的他們，生活過得自由愜意。每天一早，謝雨都將早餐做好，端到匆匆收整的丈夫面前。到了晚上，如果能按時下班，她都會將晚餐做好擺上餐桌，等待男主人的歸來。順風順水的人生，波瀾不驚的人生，也許世界對他來說過於容易。

不過理想和現實差距是巨大的，肖默這個工作薪水沒有多優渥，但事情一樣不少。身處銀行基層，他總日復一日做著單調枯燥的工作。每天總有報不完的表、寫不完的報告。逢年過節時，自己更像一個推銷員，到處找人買理財基金、辦信用卡等。有時連謝雨都被拉了進來，幫忙完成任務。碰上開會，更是得提前一天反覆檢查會場布置、調試話筒（測試麥克風）、為領導泡茶續杯等。會議開始後，只要領導杯中一見底，大家就一擁而上，搶不著的只能蟄伏等待。有時為了搶抓良機，領導杯中的水只剩一半就有人跑去續滿。其他人為了搶先，在杯中還有大半時就跑去端水。最後，直接變成了領導只要有喝的動作，就有人上前殷勤服務。

這個人就是鄭翔。顯然，他很難接受被一個不如自己的人拉開差距。可肖默也清楚，以成績來區分差距的規則只存在於學校。那些原先在學校中讓老師頭疼的壞學生們，因為活躍的思維、生氣勃勃的性格，反而受到女生們的歡迎。到了單位，他們又總十分來事，每天風生水起，變成了能讓領導記住的那類人。像自己這種埋頭苦幹、默默無聞的，反而失去了優勢。

晚上九點，地鐵上人少了許多，但肖默仍舊沒能找到座位。他吃力地將頭抬起，眼前大多是一個個剛剛結束工作的上班族們。他們抓著把手，一臉疲態，身體弱不禁風地跟隨列車不斷搖晃。可當電話一響，他們又顯得精神百倍，向客戶不斷道歉解釋、向領導殷勤地彙報，直到電話放下，才孱弱地將手伸出抓向圓環。這一幕，如同一面鏡子，映出了自己行屍走肉的生活。這時他不禁想起了曾經的同窗侯得星，聽說北漂的他已在一家影視動畫公司找到了一份原畫師的工作，哪怕不像自己工作這麼穩定，但那種勇往直前的挑戰卻令人嚮往。而比起早已開始追逐兒時夢想的死黨，自己則像《楚門的世界》那個男主角……雖然肖默現在清楚絕不會有如此荒謬的事，但從另一種意義上看，幾十年來他就是過著如楚門那般被設定好了的人生，學習、考試、戀愛、工作、結婚……固定的環節接踵而至、紛至遝來。

列車悄悄靠站，一群衣著入時的青年男女勾肩搭背，談及新鮮的話題時有說有笑。一雙雙鮮亮的眼眸、一聲聲爽朗的笑聲近在眼前，又似來自遙遠的過去。肖默這才發現，自己和他們已經是兩個世界的人了。若有若無的電軌聲輕輕揚起，滑動中的列車在瞬間提速。隨著急速飛馳，窗戶外的廣告燈箱一閃而過，明星的笑容炫目而模糊。車廂很快鑽入黑暗，猶如噩夢中的場景。

二十多歲的青春轉瞬即逝，就將這樣枯燥地度過嗎？

這個問題籠罩著肖默，直到來到家門口。

門被打開，妻子迎面而來。

「回來了？」

「嗯。」

「晚飯按時吃了嗎？」

「吃了。」

「今天去體檢了嗎？」

「沒，太忙了。」

不經意的對話中，發現這與昨日此時一模一樣。

這就是他的生活，將繼續重複一萬多次的生活。家庭和社會，早已替曾經的父母布下了一張更緊密的網，將自己的人生死死困住，被「圈養」的自己，世界對他來說就是一種虛假的存在。

二十多歲的青春轉瞬即逝，就將這樣枯燥地度過嗎？

這一刻，疑問句變成了肯定句。

☽第九章

「你幹嘛?!」

霓虹閃爍的燈光下，震顫轟鳴的音樂中，掩蓋了江楠本應理直氣壯的質問。燈火闌珊中，那名男子衣冠楚楚，本來就小的眼睛眯成一道縫，透出一股難以言喻的猥瑣。不消說，剛才自己的臀部應該就是被他故意磨蹭的。只見他雙頰泛著紅暈，繼續露出色瞇瞇的笑容，向江楠投來明知故問的目光。

嗞——

手中的啤酒蓋被江楠迅速打開——這是她每晚推銷啤酒最熟悉的動作，怒不可遏間，正欲衝那人潑去，纖細手腕倏地被後方一把拽住。江楠轉頭望去，阻止她的是同在這間酒吧上班的同事周薇。幾番掙扎後，周薇衝著她不斷示意：千萬別衝動。

「您好，請問有什麼我能為您服務的嗎？」周薇努力將江楠擠在身後，向那群勾肩搭背的男人們打著圓場。

「美女，這是我們單位的領導，鄭總！」一旁的年輕男人嬉皮笑臉，「現在可是優質單身青年吶，想追他的可多啦，妳們別不識趣！」

「滾開，臭婆娘！讓後面那個美女過來！」那個姓鄭的男人酒過三巡，說話間用桌上的牙籤剔著已開始退化的牙齦。

「請你放尊重一點！」江楠衝上前來，用手狠狠指著對面。

那人晃著腦袋，使勁挪出一個空位，用手示意著她坐下。一旁的人不斷跟著附和。只見他們都穿著襯衣（襯衫）、西褲（西裝褲），白天應該都是在寫字樓（辦公室）老老實實打工的上班族，可此時都已紛紛將上衣的紐扣解開大半，露出的胸膛顯得跟流氓無異。

「抱歉！」江楠繼續克制著內心那股噁心感，「我在工作，有什麼事請直接說。」

「美女，今天在妳這裡買了兩千多塊錢的酒，就沒有什麼優惠？」

「你想要什麼優惠？我可以向經理申請。」

那人沒有馬上回答，與同行的幾名男子咕嚕著胡話，不時發出哈哈大笑。

「優惠就算了，我們幾個再給妳兩千，今晚得陪我們……」

「再這樣我報警了！」江楠不自覺再次攥緊了手中的啤酒。

「裝什麼裝，不就是錢的事？我再加——」

話音未落，男子的臉上被潑上的啤酒泡沫已經開始在融化。

⌛ ⌛ ⌛

酒吧後臺的一間狹小房間中，平日總是對著姐妹們頤指氣使的王經理，此刻腰彎成了九十度。他面前，那名姓鄭的男人正狼狽地用毛巾擦拭全身。昏暗的燈光下，啤酒揮發的氣味在潮溼的空間中氤氳著一股作嘔的霉味。

王經理倏地回頭瞪了一眼江楠，終於令她意識到今天闖了大禍。

「快跟客人道歉！」

「對不起。」江楠將手抄在身前，語氣冷冷冰冰。

「老子花這麼多錢就是來買罪受的？」男人胸前早已溼透，隱隱能看到鬆弛的乳頭在輕輕晃悠，「消費兩千多就這麼個待遇！」

江楠不禁偷偷白了一眼。自從她兼職這家酒吧賣酒以來，一桌消費上萬也不稀奇，兩千真不算多。

「說一千道一萬都是我們管理上的失職！」王經理腰勾得更低了，「我們會扣涉事員工的工資，您看今晚給您打五折怎麼樣？」

「當我今天來要飯啊？得全免！」

「喝了一晚上，全身都喝溼了還想免費？」江楠冷冷笑道，「客人你想多了吧！」

男人剛想發作，卻看到對面的江楠不知何時又起開了一瓶啤酒，衝自己虎視眈眈。

「你看看，你看看！」他連忙衝王經理嚷起來，「她又來了！」

江楠將一隻腿抬起搭板凳上，衝手中的啤酒吹了一口。「切，就你能喝酒嗎？」

「注意妳對客人說話的態度！」王經理瞪了江楠一眼，又連聲陪笑，「今天是我們不對，免單就免單。」

「哼！」男人起身有模有樣地理了理衣服，又趁機由下至上打量著江楠那雙穿著黑色絲襪的腿部曲線……

啪——

啤酒瓶子被摔在了男人身前，嚇得他一個激靈。

「抱歉，沒拿穩。」

江楠說著又打開一瓶啤酒。男人眼見再撈不到什麼便宜，在王經理的恭送下罵罵咧咧地走了。

「妳是不想幹了嗎？」王經理轉身回頭，總算來了脾氣。

「這事本來就不是我的問題，今天沒把瓶子砸他頭上算他走運！」

「妳第一次到這種地方兼職嗎，大家不都是為了混口飯吃？」

「我是混飯吃，不是要飯吃。」江楠第一次直視著王經理的眼睛，「這裡是酒吧，不是動手動腳的地方！」

「小聲點！」王經理衝門外望了望，「咱們酒吧的酒比市面上貴出五倍不止，妳不想想為什麼？」

「我有我的服務，也有底線！」

「誰讓妳沒底線了？我是指在遇到類似事情時能夠冷靜一點，不要這麼衝動。」

「這種事怎麼冷靜？」

「妳以為周薇沒遇到過這種騷擾，她又是怎麼處理的，把酒潑客人身上？」

「我不知道，我也不想知道。」

「妳看這樣吧。」王經理搖了搖頭，「如果實在忍受不了，可以選擇在吧檯調酒。相對單純一點，不過沒有提成，只能拿基本工資。」

「沒提成？憑什麼！」

「憑什麼，妳說憑什麼？又想站著，又想掙錢，妳告訴我有這樣的好事？」

「你！」江楠憤怒不已，卻一時不知該如何反駁。

「妳不是有原則嗎，不是有底線嗎？」王經理抖著腳，發現抓住了她的痛處，「既然不想跪，那咱們就安排一個能站著掙錢的工作崗位唄！」

江楠沒再說話。

突然到來的沉默，她有些恨自己為什麼不繼續堅持原則。可江楠更清楚，酒吧一晚上銷酒的提成就能趕上白天在私人企業當財務大半個月打工的工資。在這裡兼職雖然不得不面對複雜的環境，但隔三差五她還是會來這裡。如果只拿基本工資，那兼職就將失去意義。

安靜的空氣中，王經理繼續望著她，冷冷哼出的鼻音有些刺耳。

☼第十章

你好。

訊息剛要被發送出去，肖默又連忙敲擊倒退鍵刪除。在他看來這句話顯得過於正式，甚至有些刻板，不利於接下來與對方的談話。他又將虛擬鍵盤切換成了英文，再次編輯。

Hi！

肖默還是沒敢發出去，索性放下手機，習慣性地打開了電腦文件，讓螢幕上的滑鼠在密密麻麻的檔案中穿梭點擊。他明知身邊不會有同事在意，但總覺得要做點什麼才能壓過心中的波瀾。此時辦公室空調的暖氣有些弱，肖默將雙手夾在兩腿間取暖，情不自禁地抖了起來，一如內心的忐忑。

雖然只是通過一款叫「M」的虛擬交友 APP 向別人打招呼，但他知道，單位某些男同事就是通過這個 APP 行風流之事。起初，肖默只是好奇下載來看看，並不打算做什麼。因為他清楚，絕對不會做出任何對不起謝雨的事。可在當天回家前，肖默仍將「M」刪得一乾二淨，甚至進門前，他再次掏出手機檢查，唯恐留下蛛絲馬跡。

心虛什麼呢？他自己最清楚。

「M」中包羅萬象，全世界的異性彷彿都為了誘惑自己一般，紛紛展示著露骨的頭像和動態，不斷撩撥他那顆躍躍欲試的心。伴隨著獵奇的同時，肖默不斷反問：還愛自己的妻子嗎？

答案是肯定的，這一點至今沒有變。兩人相識於學生時代，三年前的婚禮，兩人在親友見證下相擁而泣。從同桌到夫妻，從校園到家庭，兩人的經歷也感動了所有人，紛紛豎起大拇指，稱這般天造地設像極了肖默的父母。從那以後，這對恩愛的伉儷也被大家讚為「模範夫妻」。可細細想來，當年選擇和她結婚真是出於自己的本意嗎？肖默不敢確定，雖然那時愛上了謝雨，但還沒有想好走到那一步，與之相反的是，「輿論」已經準備好了。與其說肖默想結婚，毋寧說是被社會的道德壓力綁架，逼他做出了選擇：這個社會認為他倆該結婚了。

他知道從父親的嚴格教育開始，自己就形成了「討好型人格」。只要別人對他認可，就會一味地屈己從人，並由衷地感到欣喜與光榮，彷彿別人對自己的肯定就是努力活著的目標。帶著對未來一定能出類拔萃，得到更多人稱讚的幻想，肖默心甘情願地過著一如既往的人生。至於眼下這份工作，談不上有多喜歡，只是從小到大，他習慣了當一名「好學生」，那麼畢業後自然也得匹配一份體面的工作。這本是再自然不過的道理，這個社會和單位卻沒能照顧到他那可憐的自尊心。幾年過去，同批進入單位的同事紛紛得到了晉升，只有自己還原地踏步，前所未有的挫敗感深深刺激著他，打擊著曾經的期望與抱負。

寒窗苦讀，考上大學，進入國有企業，努力工作。只有這樣，他才能讓父母自豪。然後結婚生子，家族延續，繼續努力工作，讓所有人都為自己豎起大拇指。回望二十多年的人生，看似一帆風順，其實從來就沒有真正做過想做的事，爭取過想要的東西。從出生就被設定好的他就像個工具，用來展覽，用來陳列，總為別人的期待而舉步維艱，無畏地消耗生命。在「延遲滿足」的約束下，他不斷壓抑曾經的欲望，卻從未真正滿足過。現在，他隨時可以拿出手機支付，輕而易舉地買下曾經幻想過的東西，卻已失去了當初那種渴望。當下，他隨時可以定下一間豪華包房，卻已找不到舉杯歡呼、通宵看球的朋友。有些失去的糖果，過了特定時間、錯過了那種心情，哪怕再給十顆百顆，也無法找回曾經的滿足。

他不甘心。為什麼別人總能輕鬆過上想要的生活，提前就能吃到眼前的糖果。而自己總一板一眼小心翼翼，起跑線醞釀許久，卻還是沒能跑過別人。同事中不乏成天花天酒地，紙醉金迷之輩，左右逢源的他們「家中紅旗不倒，外面彩旗飄飄」。反觀自己的婚姻，雖說幸福，可過於安分。安分的他，曾經連暗戀的女生都不敢表白；安分的他，曾經連戀愛都不敢公布；安分的他，只能早早選擇婚姻這座墳墓，將青春投進一潭無際的死水。

他不甘心，更不服氣。工作既然已看不到未來，再這樣日復一日活下去，一天都忍受不了。有時，他幻想要是沒有父親，生活在一個單親家庭興許都會多一些未知的變化與期待。有時，他會忽然想將工位上的電腦砸爛，亦或是在開會領導講話時大吵大鬧，甚至衝到經理辦公室和鄭翔打一架，也比現在這種波瀾不驚的日子要好。似乎只有這樣，才能體驗一下不曾有過的熱血釋放。不過肖默知道，比起眼下做的事，所有的說辭都是藉口。只是為了良心能好過一點。在自我認知中，至今他都沒有將下載「M」歸為精神上的出軌。畢竟一潭死水的青春，需要一些外來的石頭才能濺開漣漪。對他來說，只是想體驗一把從未有過的「叛逆期」。

思忖間，他再次將「M」打開，將訊息發了出去。

Hi！（發送失敗）

肖默瞥了瞥螢幕右上方，確認信號沒什麼問題。可接下來無論如何操作，「發送失敗」這幾個字眼彷彿繼續捉弄著他。肖默索性用手指壓在發送鍵上不斷狠戳，打算和命運杠到底。

「上班幹啥呢？」鄭翔的聲音從頭頂劈來。

「啊，我……」肖默連忙放下手機，「沒做什麼。」

「你剛才那樣……」鄭翔誇張抖動著身體，誇張古怪的樣子令一旁工位的女同事難掩笑意，「這還叫沒做什麼？」

「我，剛才……那個，搶紅包呢！」

「紅包，多大的紅包這麼激動？」

「嗯……」肖默下意識地看了看手機，「搶到了才發現只有幾分錢……」

鄭翔笑著走開了。肖默輕輕吐出一口氣，拿起手機，這時，他發現自己居然可以編瞎話了。可一滑開手機，眼前的一切讓他傻了眼。不知為何，剛才顯示失敗的所有消息竟然全都成功地發了出去。螢幕上的發送紀錄整整齊齊地排成了火車。

腦子有病吧！

看著對方的回覆，肖默用手扶著太陽穴，連忙解釋：

打個招呼，信號有點問題。

有事？

肖默也不知道自己有什麼事，甚至開始反思到底為什麼要和對方聊天，有些逃避。他發著呆，順手翻看著對方的動態圖片。螢幕中，那雙黑絲襪直戳心窩，透著雪白的肌膚，彷彿讓他嗅到了女人體味與絲襪尼龍混合的獨特腥氣。他閉眼深吸一口氣，內心被撩撥得難以自拔。

妳在做什麼？

吃東西。

吃的什麼？

速食。

好吃嗎？

一般。

哦，那就好。

許久，對方都沒再回覆，肖默猛搔頭皮，再次湧上一股深深的挫敗感。在男女感情方面，自己撩人的手段和經驗少得可憐。螢幕上那一排排尷尬的聊天刺激著眼球，他意識到又一次輸給了其他同事。腦海中，鄭翔那張臉促狹著一閃而過，分明是一副瞧不起人的眼神！

從小到大，我哪一點比你們差了？

肖默雖感到不服氣，卻思忖著如果換做鄭翔，那傢伙又會怎樣接話呢？可無論怎樣搜腸刮肚，根本沒有一點思路。他索性硬著頭皮，用指腹繼續按壓螢幕上的鍵盤，試圖扳回局面。

妳身材蠻不錯的！

謝謝。

對了，我介紹妳一家好吃的速食！

嗯。

正華廣場對面有家「胡哥」速食。

哦，謝謝。

妳是做什麼的？

上班的。

什麼單位？

私企。

工作忙嗎？

一般。

那挺羨慕妳的，我可忙了。

哦。

工資高嗎？

還行。

那挺好的。

嗯。

好吧……

第十一章

「原來是這樣……」

西餐廳內的光線略顯無力，在咖色牆紙的反射下，室內的空氣充斥著毛邊。江楠眼前，對面男人那張臉頰藏匿於一片朦朧中。只見他翕動著嘴唇，神情似詫異，似悲傷，不過她卻讀到一絲從容與淡定。

「在妳身上竟然發生過這樣的事……真不敢想像！」男人輕蹙眉頭，緊抿雙唇保持緘默，不過很快他向江楠投來疑惑的目光，「為什麼妳要告訴我這些呢？」

妳下面沒有流血，應該不是第一次……

「我認為得坦誠。」

江楠淡淡說道，倏地發現男人的臉色變得煞白。她連忙解釋：「雖然你很優秀，在一起時也很開心，但這件事……我不想隱瞞，希望你能一開始就知道。」

男人明白了江楠的意思，臉頰上的線條又變得柔和：「這些年來，受了不少委屈吧！」

心中澀澀一酸，臉上卻未流露出具體的情緒，她只衝男人微微頷首。

「都過去了不是嗎？」男人輕聲問著。

江楠知道已經過去，仍小心確認：「你不介意嗎……」

男人嘴角自然上揚，彎出弧度：「不太明白妳的意思，我需要介意什麼？」

「我在中學時，被人……難道你心裡面就一點都不膈應（介意）？」

江楠小心提示著，搽著玫紅色口紅的雙唇微微哆嗦。她雖然不希望被人用嘴敷衍，但也害怕聽到誠實的答案，尤其是眼前這個男人的真心話。

「妳做錯什麼了嗎？」

「嗯？」

「整件事妳存在過錯嗎？」

「我……」江楠低頭遲疑，卻對男人所持態度表示感激。

「妳要知道，整件事妳不存在任何過錯。相反，妳才是受害者！」男人凝視著江楠，讓她將剛抬起的目光輕輕躲開，移向胸前。白襯衫領口處，用溫莎結系著一根粉紫色的領帶。

「雖然我不知道這一切給妳帶來的是什麼——羞恥、內疚，還是自卑？但妳要記住，整件事妳沒有過錯，妳堂堂正正、清清白白，該羞恥、該內疚、該自卑的，應該是那犯下罪過的人，絕不是妳！」

江楠再次看向他，她感覺自己微微點了點頭。

「如果旁人因為這事耿耿於懷，只能說明思維方式還十分幼稚。」男人似乎瞄準了江楠的心結，繼續開導著，「這種人不僅難以理喻，還間接變成了壞人的幫兇，要反省檢討的應該是他們。」

江楠默默聽著，沒有說話。

「其實這也是一種成見。我們看到很多女生奢侈淫靡，天天泡夜店，頻繁換男友，直到青春不再還能再找個對她死心塌地的『老實人』嫁掉……當然，都這個時代了，你情我願這本無可厚非，但滑稽的是某些女人本來忠貞不二，卻因擇偶不慎，離婚後反而被這個社會用有色眼鏡看待，被冠以『二婚』、

『破鞋』等等，這公平嗎？」

江楠苦笑著點頭。

「明顯不公平！」男人將拳頭半握，捶向桌面。那聲音雖然不大，但還是令江楠吃了一驚。她能感到這聲捶打發自內心。

「而說到離婚……記得，妳有告訴過我從小沒有父親是吧？」男人輕輕靠向椅背，兩人之間原先侷促的空間被拉開，間接減輕了江楠面對這個問題時的壓迫感。

「嗯，是的。」

「小時候相信也被不少人用異樣的眼光看待過吧！」

江楠雙眼泛出一絲憂傷，旋即苦笑以示同意。

「這難道不奇怪嗎？父母離婚本是件再正常不過的事，這是他們之間針對感情的自由選擇。如果說離婚女人被人用有色眼光看待或許還存在一些世俗的揣測，那他們的子女呢？也在同樣遭受來自這個社會的『霸凌』。這種冷暴力不會因為妳是受害者就被同情，反而人云亦云，日積月累，這就是成見！它就像一把鈍刀，給不了妳痛快，只會在快好的傷疤上不斷刮開潰爛的皮肉。既然原生家庭是妳我根本無法選擇的，所以就不要為他人的成見去買單！」

一席話，擊中了江楠的心坎。潛在的期待中，像他這樣總站在對方角度思考的人，一定能給自己治癒和希望的答案。

男人將面前的紅酒杯輕輕拾起，示意著江楠。

「事情既然已經過去，那就不要將自己裹進黑暗，我們都要從陰影中走出來，活在當下！我希望從今天起，從這一刻起，你能重新開始，Cheers!」

酒杯晶瑩剔透，透出寶石般通透的琥珀色。

「Cheers……」江楠也輕輕將面前的紅酒杯抬起。

清脆的碰杯聲，回音清韻悠長。

江楠是在一款名叫「M」的虛擬交友 APP 中認識他的。網路聊天中，江楠得知這個男人在某金融機構上班，有著可觀的工資收入，但吸引她的不止這些。隨著深入瞭解，他禮貌的表達、幽默的談吐和無微不至的關心，才真正博得了江楠的好感。在男人邀請下，她答應了見面的請求。第一次見到本人，他給江楠的印象很不錯。高高的個子、幹練的髮型，特別是當天那筆挺、合身的格紋西裝，顯得十分儒雅。男人的聲音很好聽，談吐富有學識，舉止彬彬有禮。那天待得晚了，他將江楠送到家門口後只輕輕道別，並沒有提出什麼非分要求，這讓她感到難能可貴。

那是一種久違的安全感，江楠有些心動了。

「想什麼呢？」

充滿磁性的聲音在耳邊響起，將她的思緒拉回現實。

「沒什麼！」江楠連忙搖頭，「剛想事情去了。」她用餐叉將桌子上的水果沙拉拌勻，主動找著話題，「你這麼優秀，為什麼還單身呢？」

「哎，什麼年代了，男人得以事業為重嘛！」他將那雙投向遠方的眸光收回，轉向江楠，「這樣才能為今後的家庭提供一個良好的環境。畢竟男人多承擔一點，女人就能輕鬆一些。」

「追求你的人恐怕不少吧……」江楠掂量著自己的機會。

「要說沒有肯定是騙人的，經常會有女同事在下班約我吃飯。」

「沒去嗎？」

「沒去。」

「她們的條件都不滿意嗎？」

「這倒不是……」男人望著江楠，「感情這種東西得看緣分，如果沒有感覺，條件再好我也不喜歡。與其這樣，就不要給別人希望，女人不比男人，條件再好，青春可耽誤不起。」

舒適的色溫下，江楠用手托腮，安靜欣賞著眼前這個男人。今天她臉上略施粉黛，抿著雙唇，眼神在酒精的作用下變得迷離，散發出一股輕熟女性特有的嫵媚。如果可以，她希望一直聆聽眼前這個男人說話。

「瞧我們，光顧著說話了，半熟的牛排要趁熱吃，否則會有血腥氣。」男人將黑胡椒醬遞了過來，「澆上醬汁的口感會更好一些。」

黑胡椒醬被均勻地澆在熱騰騰的牛排上，發出誘人的香氣，勾起了江楠的食慾。

「想知道我剛才在想什麼嗎？」江楠露齒一笑，唇間微微勾出一個弧度。

「哦？這還真猜不到。」男人將牛肉切開，送入口中。

「我其實覺得能夠認識你，能和你坐在一起，這一切，感覺不太真實……」

「不太真實？」

「是的，像做夢一樣……」江楠眼神恍惚，慢慢將肉塊送入口中，黑胡椒與脊背肉真真切切地刺激著她的味蕾。

「哈哈哈哈，弗洛伊德倒是說過，夢是願望的達成。」男人發出爽朗的笑容，「既然如此，那就多吃點，得吃飽。做夢，也得做個美夢不是！」

江楠會心一笑，將目光投向眼前的杯子。頭頂的射燈打在裡面，一顆顆冰塊像鑽石般閃爍著絢麗的光芒。與這個男人不期而遇，重新點燃了江楠內心小小的花火。就在她以為人生即將開啟新篇章時，卻不知這是一切噩夢的開端。江楠清楚要不是因為他，後來的母親或許不會就這樣死去……

☼第十二章

時間來到七月，夏日的暑氣將街道地面加熱成了鐵板燒。行人們躲著紫外線，來去匆匆，彷彿稍一停留，就會被黏在地上，迅速化開。不過對於藏在寫字樓中，成天對著空調的上班族來說，卻怡然自得。

在金融機構上班，一年到頭幾乎沒什麼喘息的機會。一開年，就是「開門紅」，全行上下大會小會各種動員。來到六月，就是「時間過半，任務過半」，多如牛毛的任務指標要求大家結合上半年業績，給出下半年預測。九月一過，來到四季度，又是年終衝刺。工作業績一天一次預測，目標任務一天一個跟進。喊不完的口號，開不完的會，應付不完的檢查。當一切忙完，接受年會述職的「終極考驗」後，翻年又來到了「開門紅」，一切周而復始……

七月卻是個例外。

這個時間，半年攻堅剛剛過去，年底衝刺又為時尚早。單位從上至下，都將繃緊的那根弦稍稍放鬆，沉浸在類似「中場休息」的狀態中。領導休著假，員工也將一些複雜的業務儘量往後推，特意為年底的手忙腳亂營造一種衝刺的氛圍。半天能做完的事，一天才起個頭。一天完成的事，往往就拖到了下一週。這種氛圍下，大家都保持著一種心照不宣的默契。而沒有領導臨時「加塞」的安排，每天肖默都能很快將手頭的工作處理完畢。

他呷了口紅茶，乘著閒暇之餘打開了「M」。

未讀消息（訊息）：6。

肖默點擊著「消息」，目光在螢幕上掃視。他點開一個頭像，這個女人是上個月主動向自己打的招呼，不過當時沒怎麼聊。半個小時前，他忽然心血來潮，向對方發送了一條消息。

很快，螢幕上顯示著對方的回覆：

你都不忙嗎？

再忙也得送上我的祝福啊！

生日快樂！（蛋糕）

謝謝。你怎麼知道是我生日？

妳昨天的動態不暴露了嗎？25歲，真小！（偷笑）

都25了還小，反話吧？（鄙視）

妳可比我小多了，三年一個代溝啊！（大哭）

能比嗎（憤怒）男人三十都是搶手貨。

哎，也不一定。（哀傷）

畢竟，四十歲也很吃香。（狂笑）

你（流汗）

是是是！

當然吃香咯，人又高長得又不錯。

肖默露出滿意的微笑：有戲！

雖然用了「M」還不到一年，但很快，他就摸清了與異性聊天的門道。不同於現實，在這個虛擬世界中人與人之間的尺度會變得十分模糊。他漸漸發現原來那些敏感的底線不過是自己製造的無端束縛，縱然逾越，這個世界也不會有任何變化。妻子照常為自己準備早餐、搭乘的三號線仍是每五分鐘駛過一趟、工作還是那麼忙、食堂還是那樣難吃……唯一變化的，卻是「M」中那個虛擬的自己。

肖默繼續打字：

高有什麼用？帥又有什麼用？

這些都不是我想要的。（冷漠）

那你要啥？

肖默面無表情繼續著：

我想要妳。

兩秒後，他不慌不忙地加了一句：

哈哈，開個玩笑。（鬼臉）

對方那頭好像沉默了十來秒。

知道你在開玩笑……

肖默點開了她的主頁，再次審視著這個目標是否值得他繼續「探索」。螢幕上，這個女人明眸皓齒、皮膚白皙，高䠷的身材彷彿沒有一絲贅肉，而吸引他的卻是某張緊身牛仔褲的照片。那個輪廓看起來風韻成熟，不禁使他聯想到了中學剪頭時，髮廊那個婀娜的背影。

腹股溝至會陰處感到一股神祕的騷動……

肖默咽了咽口水，換著其他方式繼續試探：

生日這天給妳個驚嚇，請別介意。（壞笑）

這有什麼……

不過可能妳早就習慣了吧！

身材如此Nice，想追妳的人恐怕還在取號吧！（壞笑）

哪有？還是孤家寡人一個……

果然是單身，肖默感到一絲竊喜。不過，他很快意識到若非單身，怎麼會下載「M」呢？這其實是一個毫無意義的試探。

看來妳眼光很高哦！

哪有？照「騙」而已，P圖技術嚇死你！

幾番來往，肖默已經給出了暗示：像妳這樣的條件，肯定受到許多男人的青睞，自然包括躍躍欲試的自己，而對方也明確表示自己要求並不高。所以，潛臺詞已經丟給了自己：你是我的「菜」，你願意嗎？

那層若有若無的窗戶紙已經很薄很薄……

一般聊天聊到這裡，與異性周旋的樂趣已經得到了充分滿足，肖默都會慢慢打住。已經有了家庭……不，是大家都知道自己有了家庭，如果進一步深入接觸，他無論如何都不敢走出那一步。畢竟虛擬和現實，心理和行動，都有著本質的區別。當然他也試著偷偷約過幾個，但只是禮貌地吃吃飯，完事後再將女生送回家，什麼都不敢做。一切對他來說，這就跟偶爾「觀摩」色情影片一樣並沒有什麼。只要不邁出實際那一步，客觀上他還是一個規規矩矩的男人。

可不知為何，肖默沒能控制，還是將頭探了出去。

P圖能將那裡P得（害羞）那麼翹嗎？

看來得現場驗驗貨！

我去！

你很不老實！

那個「去」字，是動詞還是語氣詞？

我本來就不是老實人。（攤手）

對方沒有同意，至少沒有馬上同意……看來在「M」中，並不是哪個女生都可以這樣隨便。肖默失望的同時，松了一口氣。

偏偏這時，螢幕上出現了一行字：

找個地方嗎？我把「貨」帶來……

不知因為興奮還是對未知的恐懼，肖默感到全身發出劇烈顫抖，括約肌也開始連續翕動。這是他第一次向異性發出如此赤裸裸的邀約，也是頭一回得到了對方肯定的答覆。肖默右手握拳，使勁抵住唇部，試圖平息內心的鼓動。須臾，他發現根本沒用，又將雙手攤開，反覆在面頰表面揉搓，直到十分鐘後，這樣的感覺才慢慢消失。他拿起手機，難以置信地看著剛才的對話。比起之前那些約過飯的女生……一個從來沒見過面的人她居然直接同意了！肖默忍不住又再次點擊她的頭像，當翻到那張「緊身牛仔褲」時，方才那種昂奮的哆嗦感捲土重來，席遍全身。

午休時，他沒能睡著，神經始終煥發著昂揚亢奮的鬥志。整個下午，一切還是熟悉的工作內容，但一切又都不再是他熟悉的工作狀態。他反覆瞄著手機上的時間，不斷查看新來的郵件，確保今天的工作能夠提前完成。一想到幾個小時後即將發生的事情，肖默就心臟狂跳，面紅耳赤，下體的澎湃讓他一刻都等不及了。

熬到六點，肖默深吸一口氣，用指紋解了鎖。他在手機最近通話中找到謝雨，撥通了電話。

一聲、兩聲、三聲……

「喂？」

「喂！」

「下班了吧！」

「嗯，下班了……」肖默感覺自己很明顯頓了一下，胸腔也隨著吸氣大了一圈，「那個，今天我要加班……」

電話那頭一陣沉默，安靜得一片弦音，幾秒的等待宛如經歷著幾個世紀的煎熬。肖默感覺已經用上了渾身的演技，可剛才那句「加班」還是說得毫無底氣，手心已開始微微發燙。

「好吧。」謝雨失望道，「還以為這段時間你們不忙，今天晚飯做了好多，還嘗試了新的菜。」

「對啊！本來沒什麼事，結果快下班才通知晚上要開會，一時半會兒肯定走不了。」

「事情還多啊，那就不給你留菜了，吃完飯再去開會嗎？」

「嗯，肯定得先把飯吃了，估計又忙得晚。」

「好吧，再見！」

「再見！」

掛上電話，肖默松了一口氣，隨後產生了一絲後悔與內疚。他倏然想到上個月謝雨才懷了寶寶，記得當時得知這個消息後大腦曾閃過「趕緊打住」這個念頭。可現在，慾望無處排解的他卻邁出了實質性的一步。歸咎於從小謊言都會被拆穿的經歷，他隱隱升起一股後怕。經營銀行就是經營風險，肖默知道不止銀行，任何事情的收益和風險都是成正比的。既然已經邁出這一步，那今後無論面對什麼樣的局面，都得死咬牙關，想方設法圓住這個謊。

因為一旦失敗，那將血本無歸。

⌛ ⌛ ⌛

來到酒店前臺，肖默的手在包裡蹭了半天才拿出身分證進行登記。偷偷摸摸的感覺實在難受，包括在剛剛下班時、搭乘地鐵安檢時、進入酒店大廳時，都有種被人跟蹤的感覺。他反覆告訴自己，都是錯覺……拿到房卡後，他用餘光張望，欺向電梯。在進入後又迅速按下了關門鍵。想像中，會有一隻手猛然出現，在門即將合攏的瞬間伸進扒開，然而並沒有。伴隨著電梯啟動的旋律聲，他剛想鬆弛，卻又微微一緊。面前，一名侍者（服務生）微笑著，表情背後彷彿隱藏著對自己不懷好意地揣測。

電梯在九樓停下，肖默沿著走廊的提示向房間找去。走廊兩側貼著雅致的牆紙，腳下鋪著淡黃色的地毯，腳感讓人放鬆。但他仍步履不停，快速來到房間，直到拉上窗簾，才將室內的燈打開。此刻的他身處一間帶獨立盥洗室的單人標間，約十二、三平米（平方公尺）大小，以前單位出差時，就是這種房間。環境雖熟悉不過，可一想到即將在那張雙人床上發生的畫面，他就感到心跳加快，渾身發癢。

伴著刺激與不安，他將手機掏出，再一次檢查，確定是否有人將自己來酒店幽會的事蹟在朋友圈廣而告之，不過顯然沒有。肖默不明白為什麼總會有這樣的想法，一方面他清楚今天的事絕不會有第三個人知道，但另一方面要是被人發現，他決計無法承受這一切帶來的後果，光是想想，那顆劇烈躍動的心臟就要不堪重負。

我已經到了。

酒店就是之前發妳那家，房號「0912」。

肖默將編輯好的訊息發了過去，世界倏地就變成了靜音。

我還沒想好……

臨時有事，改天吧！

我不是這種人。

若是收到這些回覆，肖默反而能鬆一口氣。那感覺就像從幾萬米的深海游回，將腦袋探出海平面一般。他將正大光明地退房、大搖大擺地回家，對著謝雨大聲說：我回來了！然後在接下來的日子裡昂首挺胸，繼續過著曾經平凡卻安心的小日子。一如既往的日子沒什麼不好，偷腥的刺激感根本不值得享受。他渴望逃離這裡，然後向全世界宣布自己還是那個規規矩矩的肖默。

可新消息來了。

已經在樓下了，別這麼心急。（吻）

好。

門扉雖然緊閉，肖默卻能感覺到那個女人正不斷向自己靠近，深深的壓迫感就要將整個房間包圍，已無路可逃。他不斷在床與貓眼之間往返，不知是地毯還是什麼原因，趿上拖鞋的腳掌如同踩在棉花上，就要站立不住。

猛然，他發現無名指上還套著婚戒！

咚咚咚——

門被敲響，肖默慌忙站起，衝門口方向走去，同時用手繼續使勁掰扯。偏偏這時，左手指節血脈擴張得厲害，他感覺那枚戒指就如同長在了上面。

沒有辦法，他先打開了門。

茉莉花的香水味撲面而來。眼前，這個女人與照片上別無二致，散發出一股似曾相識的氣息。她身材穠纖合度，顯得十分高䠷，那沒有一絲贅肉的腰肢將臀部的比例襯得恰到好處。

禮貌對視一眼，無數幻想從內心湧起，然後趕緊躲開。

門被緊緊關上，肖默小心將防盜鏈掛上。他雙手放在身前，佯裝沒事地繼續取著戒指。

「你挺高的。」話音間，女人將粉色挎包（斜背包）輕輕放在電視櫃上，不斷打量著房間，「開點空調吧，好熱！」

「嗯。」肖默用下巴示意著，遙控器就放在床頭櫃上。他眉頭一皺，總算將戒指取了下來，連忙放進褲兜。

空調的壓縮機慢慢開始運轉，沙沙的聲音掩蓋著沉默的尷尬。肖默借著暗淡幽靜的燈光，偷偷觀察著。她上身只簡單穿著一件白色T恤，戴在脖子上的掛件垂在胸前，將那裡壓出一道深深的溝壑，而貼合的破洞牛仔長褲，則將下身襯得曲線畢露，讓人彷彿能射穿那層薄薄的布料，一睹修長的雙腿。

脖子趕緊扭了回來，目光卻不受控制黏在了那裡。

就在剛才一瞥中，肖默發現她膝蓋破口設計處露出的雪白肌膚上，有一個淺淺的印記，令他頗為在意。

「我叫曲思靜。」

「我叫蘇昊……」這是早先就編好的名字。

「哦。」曲思靜坐在床沿，掏出手機把玩。

「嗯。」肖默也緩緩坐下，大腦有些空白，感到手足無措。是直接開始，還是要寒暄幾句？肖默毫無經驗，慢慢將頭抬起，嘗試勇敢地看向她。

「怎麼了？」曲思靜盯著自己。

「我們……那個……」肖默支吾著將視線移開，發現那些在網上的聊天套路一句都說不出來了，「妳不是都來了，那個，我們不是……」

聲音越來越小，曲思靜一臉疑惑：「什麼？」

「沒什麼，沒什麼……」肖默本想直接來句咱們開始吧，但還是沒說得出口，彷彿有股淫氣從曲思靜身上散發而出，將他纏繞得欲罷不能。

「哦。」曲思靜又將頭埋了下去，滑拉著手機。

「妳忙嗎？」

「不忙啊？」

「哦，我看妳在一直弄手機。」

「哦，和朋友聊天……不忙。」手機鎖定後被輕輕放下。

是不是自己得主動點？肖默內心不斷打鼓，構思著怎樣直接將眼前這個人撲倒。他不斷鼓起勇氣，又瑟瑟退縮，真想破口大罵一句：肖默你怎麼就這麼笨！

「聽歌嗎？」曲思靜開了口。

「啊，什麼？」

「分享一首歌給你。」

「哦哦，好……」

曲思靜將手機再次解鎖，打開了音樂播放APP，朝著螢幕點擊幾下。隨著螢幕上那個耳熟能詳的人物開始緩緩轉動，鋼琴前奏輕快流瀉。

糖果罐裡好多顏色，微笑卻不甜了。

你的某些快樂，在沒有我的時刻。

肖默不怎麼聽流行音樂，卻知道這是周杰倫的新歌。他盯著那部手機，視線勉強有了安置的地方。

明明就不習慣牽手，為何卻主動把手勾。

你的心事太多，我不會戳破……

房間異常安靜，只有音樂不斷播放，稀釋著緊張的情緒。肖默逐漸舒緩，好像沒那麼繃了。

「你是第一次嗎？」曲思靜問。

「第一次？」肖默馬上會意，「怎麼，怎麼可能！」

曲思靜會心一笑：「我是指第一次『約』。」

「也……不是。」

肖默覺得，要是讓她知道自己是第一次和陌生人發生這樣的行為實在是件丟臉的事。哪怕直到現在，兩人還什麼都沒發生。

「那你約過幾個？」

「我算算……」肖默推想該如何回答，在曲思靜眼中，那樣子彷彿帶著炫耀。

「也就五個吧。」

「嘿嘿！」帶著狡黠的眼神，曲思靜戲謔地看著他。

「多嗎？」肖默以為露了餡。

「我怎麼知道？」

「那妳有幾次？」

「什麼？」

「就是像今天這樣……」肖默輕輕提示。

「三次，我很少這樣。」

看來五次不算多。

「平時我也完全不是這種人……」

「未必，我看你就是這種人！」她睥睨著。

「真不是。」肖默的辯解似乎發自內心，「我真不是妳想的那樣，只是……」

「只是什麼？」

肖默搖了搖頭，沒有說話，也不明白自己打算表達什麼，只有歌曲仍在繼續播放。

明明就他比較溫柔，也許他能給你更多。

不用抉擇，我會自動變朋友……

「先去沖個澡嗎？」

「啊？」肖默聽懂了意思，但還是毫無準備地確認著，內心倏地泛起一陣歡快的緊張。

「這天氣總得洗個澡吧！要不我先？」

「好……」

她攏著頭髮站起，露出細細的腰肢。隨著白色T恤被脫下，胸部的輪廓在文胸的擠壓下顯得豐滿而立體。

「稍等一下哦！」

曲思靜壞笑著轉過身，背對著他將文胸除下，又晃著身姿朝盥洗室走去。肖默目不轉睛，忍受著難以克制的膨脹，爹起了膽子。

到了這一步……死就死吧！

柔軟的床墊讓肖默有些無所適從。看著曲思靜笑意盈盈地朝自己而來，他目光卻不由自主地盯向她的膝蓋，那裡有一道細長的疤痕，有如刺青一般讓這個女人充滿了野性。很快，曲思靜就抱住自己，那雙頎長而有力的腿順勢壓在了身上。肖默平躺著，心就要陷進了床墊深處，天花板上的射燈輪廓紛紛變得模糊，很快就融化在了視線裡。肖默本想控制一下，可那陣痙攣根本不受控制，精液毫無徵兆地噴薄而出，一滴不落地射在了安全套裡。他用呻吟聲表達著自己的感受，但曲思靜仍舊坐在身上，輕聲細喘、媚眼勾人，渾圓緊致的臀部沒有停下來的意思。

「已經……」肖默有些尷尬。

「我知道啊！」

曲思靜壞笑著點點頭，他望著那玲瓏的曲線，心臟又突突直跳，幾乎又要勃起……

手機振動了一下，謝雨發來的消息打破了肖默方才美好的幻想，他尷尬地望了一眼仍坐在對面的曲思靜，又狼狽地舉起手機，偷偷查看訊息：

還在開會嗎？方便接手機嗎？

肖默臉都白了。

還在開，什麼事？

聽說最近出了好多新電影，想看嗎？要不我現在出來到單位等你，開完會了就去看？

肖默明白，要是謝雨就這麼去單位一切肯定會穿幫，如果直接拒絕，難免引起懷疑。

妳不說家裡做了一些新的菜嗎？我還說一會兒結束了回來嚐嚐！

別說了，失敗了，正好出來散散心。

這樣啊，那好吧。

肖默先將這句話發出去，等了三秒，又接著打了一行字：

等下，好像不行，剛才我看領導這邊說接下來還有個會，再看電影就太晚了……

「你在忙嗎？」曲思靜問。

「哦哦，沒，工作上有點事，沒事！」

沒事，反正我已經出來了，晚點就晚點，等你開完再說，實在不行就當接你下班。

「不用。」

「不用什麼？」曲思靜有些疑惑。

「哦哦，我在回信息，不好意思。」

道歉幹嘛？

手機謝雨發來一段話，肖默定睛一看，竟然是自己將那句「不好意思」直接發給了謝雨。

回錯了。

「什麼回錯了？」曲思靜瞪著眼睛，「你有些心不在焉哦！」

肖默全身的毛孔已然悉數打開，額上冒出了豆大的汗珠。在曲思靜和謝雨的雙重「拷問」下，剛才那翻雲覆雨的畫面早已被拋到天邊。他努力讓自己冷靜，在消息欄中發出一句話。

壞了！

什麼壞了！

肖默大腦飛速運轉，思考著用什麼由頭說服謝雨回家。

早上我把家裡那隻烏龜撈出來換水時正好接了個公司的電話，好像就忘了這個事，現在烏龜可能還在外面！

不會吧?!

是，是，妳趕緊回去看看，要是爬不見了可不好找！

好，好，那我先回去。

嗯，什麼情況回去後趕緊跟我說聲！

好。

放下手機後，肖默長長鬆了一口氣。

「先去沖個澡嗎？」

「啊？」肖默聽懂了意思，但還是毫無準備地確認著，內心倏地泛起一陣歡快地緊張。

「這天氣總得洗個澡吧！要不我先？」

「好……」

她攏著頭髮站起，露出細細的腰肢。隨著白色T恤被脫下，胸部的輪廓在文胸的擠壓下顯得豐滿而立體。

「稍等一下哦！」

曲思靜壞笑著轉過身，背對著他將文胸除下，又晃著身姿朝盥洗室走去。肖默目不轉睛，忍受著難以克制的膨脹，起身、離開酒店、逃也似的鑽進了地鐵站。

一下地鐵，肖默就在出站口邊上的小餐館隨便對付著。才扒了幾口，他便再次拿出手機檢查，「M」的使用者帳號早已登出，相冊中沒有留下任何照片，酒店的預定紀錄也被自己早早刪除……每一個細節都被確認無誤，他才重重呼出一口氣。

其實那一刻，肖默覺得自己相當於已經得到了她……

肖默滿腦子都是曲思靜的倩影。而此時趴在他跟前的一隻流浪狗，滿腦子卻是他夾到嘴邊的那塊肉。

來到家門口，平時的他一臉疲態，都是等著謝雨前來開門迎接，但今天卻早早備好鑰匙，打開了門。謝雨從廚房中詫異走出，睜大雙眼，肖默的心也被逼到了嗓子眼，直到當從表情讀出一切並非他想的那樣時，才有種得救的感覺。

「回來了？以為你還要晚些！」

「哦。」他感覺呼吸有些紊亂，「今天還好，有個領導沒來，平時就他話最多，好像臨時有個應酬吧，是家集團公司……」

「老公。」謝雨對他冗長的解釋沒有任何興趣，不知為何，她有些心不在焉，臉色倏地變得陰沉，「跟你說件事……」她默默望向肖默，沒有吭聲。那表情彷彿在暗示：你清楚什麼事。

與之同時，肖默的臉已異常慘白。

事情果真敗露了嗎……

「上個月你轉的錢我嘗試買了之前投資過的『帳戶金』，偏偏黃金大跌。為了止損我全部贖回，損失了三萬多……」

肖默呆了半天沒有說話。

原來指的是錢，謝天謝地！

「我還以為……」肖默閃回先前那副驚恐的神情，內心一陣後怕，剛才那表情幾乎就要將自己出賣，「錢而已，再說是我推薦妳買的，我也有責任……」

「老公，你說我是不是特別沒用啊……」謝雨的聲音難過而低沉，「你整天忙成這樣，我卻……」

「傻瓜！也就三萬，說少不少，說多不多。」肖默劫後餘生，頓感一陣虛脫，連忙將謝雨抱在懷中安慰，「別往心裡去，妳現在有了寶寶，更得注意調整情緒。」

「所以我說啊，偏偏正是開始花錢的時候。」

「錢沒有還可以再賺，我聽他們說頭三個月胎兒一般不太穩，而且妳的『HCG』值不算高，必須得注意，這才是大事。」肖默喃喃撫慰，轉移著話題，「對了，妳不說今天有新的菜式嗎？味道怎麼樣？」

「嗯嗯。」轉身的謝雨好半天才深深舒出一口氣，將冰箱中的菜都端了出來，「這是我今天根據『朋友圈』的教程學的。感覺做失敗了，你要嚐一下嗎？」

「我……」肖默剛想說已經吃了，但發現自己根本沒吃飽，看到這些反而更餓了，生理上的飢餓感令他不得不妥協，「那就再吃點！」

謝雨像是得到了上級許可，連忙將飯盛滿，又將菜紛紛熱好端到桌上。

「香酥雞尾蝦我都沒怎麼吃，就等著你回來呢！」謝雨說著將蝦仁沾了沾耗油碟，直接丟在了肖默的碗裡，「快嚐嚐！」

無論妻子夾來什麼，肖默都狼吞虎嚥著，忽然發現從來沒吃過這樣的美味。

「嗯，好吃！」

「真的嗎？」

「嗯嗯，都可以再吃一碗，話說妳的中式餐的手藝又提高了。」

「真的嗎？那做好準備，你老婆可就要在烹飪這條『不歸路』上繼續前進咯！」

肖默繼續稱讚，謝雨樂開了花。

只是餓了嗎？還是因為家裡的飯菜比較好吃？

他充斥著愧疚，不斷思考著。

第十三章

江楠討厭陰天，更討厭下雨。

眼前那片白色霧靄在幻化飛舞，兩側行道樹的枝葉在風的肆虐下張牙舞爪，被粗暴地扯落在地。這時街上的人影已十分稀疏，卻仍能看到一些散落於城市的「生命」在瘋狂逃竄，如同無家可歸的老鼠。沒有傘，他們只能在風雨中拚命奔跑。

「送妳回上次的地方嗎？」

「嗯，謝謝。」她輕輕回答。

感應雨刷拚命工作著，溫暖的轎車內，江楠有種穩穩的安全感。廣播中的鋼琴旋律在狹小空間中彌漫，舒緩悅耳，香氛氤氳著淡淡的清香，沁人心脾。寬大的車身又快又穩，換做以前，她肯定希望能同時接上母親，完成曾經兜風的夢想。可現在她只想閉上雙眼，躲過這糟糕的天氣，避開這冰冷的世界，藏到另外一個時空。

車外暴雨如注，「嘩啦嘩啦」蓋過了廣播的聲音。江楠剛剛睜開雙眼，就見大顆大顆的雨水被打落在擋風玻璃上，狂風迎面撲來，像抹布一樣將它們四處勻開，整個世界依舊模糊。

「哎，還是那個老樣子，又沒能出線……」男人一副恨鐵不成鋼的樣子，無奈地不斷搖頭。原來廣播正插播著國足衝擊世界盃失敗的消息。

「平時喜歡看球嗎？」江楠問。

「週末偶爾看看，國足的消息也關注下。這下可好，也不知得等到猴年馬月了。」

「上次出線還是在兩千年那時吧！」

男人將視線投了過來：「妳也看足球嗎？」

「沒。」江楠輕輕搖頭，又補充著，「偶爾在網上有看到他們的新聞，還總被網友調侃，有些印象。」

「對啊！上次還是參加〇二年那屆。真懷念啊，記得我當時還在念初中……哎，不過從那以後就再也沒打進過世界盃了。」無奈中，男人嘴角打勾，「這麼多年，妳說要是房價也保持這個水準多好？」

江楠抿嘴一笑。

「對了，妳是一個人住嗎？」

男人忽然鄭重其事。他撫摸著下巴的青色鬍渣，很快又將手搭在了方向盤上。江楠清楚，這是一種暗示，在與他出來吃過幾頓飯後，她就開始考慮起這個問題。畢竟這個快消（速食）的社會，沒有哪個男人願意一次又一次只將女人送到家門口。

「平時，我跟媽媽住一起。」

「哦。」男人語氣平淡。

「不過她今天應該沒在家，你可以上去坐坐。」江楠拋出了一個可以延伸的話題。

「我不是這個意思。」男人有些緊張，連忙否認，「就隨便問問。」

江楠在酒吧兼職時，就不乏男人向自己拋過橄欖枝，希望能有進一步的發展。無論明示暗示，她都裝著糊塗，巧妙化解。比起男人的野蠻直接，女人與生就有一種以柔克剛的能力。是否順著一個男人的意思往下走，得看她是否認可這個人。此刻，江楠自然聽懂了他的弦外之音。現在兩人之間雖還談不上愛情，可接觸的這段時間，顯然互相存在好感。江楠清楚這種好感早已不如學生時代那般純粹，而是一種人與人間的資源互補。活著就是一場交易，男人看中了自己的年輕美貌，而江楠則看中了他的社會地位和經濟基礎。

「我知道，不過你身上都打溼了，我家有吹風機，可以幫你吹乾。」江楠撇了撇男人已被打溼的褲腳，剛剛出餐廳時為了不讓她淋溼，他將雨傘讓給了自己。

男人沒有說話，表示默認。可就在這時，無意中的一眼，讓江楠忽感一陣眩暈，她以為看錯了，又再次朝那個方向探去。

男人握住排擋杆的右手無名指上，有圈淺淺的戒痕！

車內的香氛倏地變得刺鼻。

「你……離過婚嗎？」

「沒，沒有啊！」男人倉皇中將右手放回方向盤處，並死死扣了進去，「我還沒結婚呢！」他繼續操控著方向盤，同時向江楠投來好奇的目光，刻意平復，「為什麼這樣問？」

「沒什麼，沒什麼……」江楠敷衍著，但男人剛剛那個反應已經不言自明，「你都三十了，你父母真的不著急嗎？」

「哦！」男人似乎松了一口氣，恢復了自信與幽默，「男人三十老嗎？」

江楠沒有說話。

「哎，或許是沒遇到真正讓自己動心的吧！」男人將目光再次探了過來，也不知是在看自己還是右後視鏡，她倉皇躲開。見江楠沒有反應，他知趣地抽回了目光。

或許是看錯了呢？或許只是離婚了沒有直說……畢竟這也才見面幾次。

「我希望，我們都能坦誠。」

「……」

男人沒再將臉側向她，但隱約能感覺到他眼眶中的瞳孔正慌亂遊移。

「今天我有些不舒服，要不……」

「嗯，好。妳趕緊回去好好休息，下次再來接妳。」

「實在不好意思。」

「這有什麼，實在不舒服就打電話給我，我送妳去醫院！」

「謝謝，不用。」

兩人沒再說話，江楠多希望是自己想多了，卻迫不急待想要下車，不願多待一秒。

轎車停在了社區門口，男人將傘遞來，江楠猶豫著，還是接過了。

「今天謝謝了。」江楠禮貌地表示感謝。

「這有什麼？下次帶妳去嚐嚐那家海鮮，味道……」

話音未落，他那一徑沉穩的笑容在瞬間怔住，扭曲移位，從眼神中透出了絕望。

還未來得及反應，一股風暴就從江楠背後排山倒海般襲來。

「臭婊子！」

江楠感覺自己後腦杓被人使勁搧了一下，眼前天旋地轉，一片耳鳴中，還隱約聽到有人在破口大罵。

「狐狸精！臭不要臉！」

還未待看清是誰，江楠的胳膊就被人架住。對方不是一個人，感覺有兩、三個人架在自己身上，傘也掉落在地。大雨滂沱中，她的衣服很快溼透，廉價的布料緊緊拖住纖弱的身體，眼前的頭髮也被打溼，狼狽地黏在臉上。髮絲的罅隙中，壓過來一個女人，比江楠大不了多少，可能是一身皮草和燙了頭髮的原因，顯得有些富態，渾身散發出的香水味雖濃烈刺鼻，卻是昂貴的高檔貨。

又是一記耳光，帶著麻痺的痛感，清脆的聲響迴盪在天地之間。

「妳幹什麼？放手！」江楠掙扎著，才發現兩隻胳膊已被另外兩個中年婦女分別架住，她們一個個虎目圓瞪，一臉嫌惡。

「老婆，別鬧，有事咱們回家說！」男人從一旁閃出，前來勸架。

「我鬧？」那個女人逼視著男人，眼神像火裡淬過的刀子，鋒利得能將人殺死。

「老婆，這是誤會！」男人支吾著，「這是單位的同事，我……我順道送她回來。真的，不是妳想的那樣！」

「誤會？」女人冷笑著，衝上來將手插入男人的褲兜裡，似乎抓住了什麼東西。男人狼狽地用手護住，可哪還來得及。

「這是什麼！」女人將搶到的東西揚在空中，「這還不是我想的那樣？狗男女！」

那是一個安全套（保險套）。

「小三！」

「賤貨！」

摁住江楠的兩個女人也開始罵罵咧咧。

江楠拚命掙扎著，關節處咯咯作響，卻無濟於事。

「我不是小三！我根本……啊！」

原配咬牙切齒不解恨，又衝上來一頓拳打腳踢。

「妳們憑什麼打人！放開，放開！我不是小三！」

江楠喊著、叫著，惹得圍觀人群越聚越多，這些人甘願冒著瓢潑風雨，觀看如電視劇裡的狗血情節。男人站在一旁戰戰兢兢，在雨中瑟瑟發抖。終於，他大喊起來：「是她，是她！這個女的說下雨，讓我送她回家，在車上她……她開始脫衣服，硬要勾引我！是她要勾引我的！」

江楠喪失了最後一絲反抗的力氣，整個人披頭散髮，被人踩在腳下，扭曲成一團。她渾身沾滿骯髒的泥水，不禁想起了曾經在沙堆裡滾來滾去的童年。

人群繼續騷動，有湊熱鬧的、有加油鼓勁的。

「使勁打，使勁啊！」

「揪她頭髮，揪頭髮啊！對，對，就該這麼打！」

「繼續扯衣服啊！快，那裡就要垮下來了……」

春風化雨，又到了播種的季節。江楠感覺自己正被慢慢撕碎，爛在土裡。

⌛ ⌛ ⌛

彷彿隔了好幾個世紀，門才被緩緩打開。「咯吱」一聲，如同來自身體關節的哀號。抽痛感讓江楠不禁齜牙咧嘴，忙扶著門把手緩緩坐到地上。她想將泥濘的鞋脫掉，可越是著急，鞋帶越是打著疙瘩，折騰中，感覺就要將踝關節全部拽下。

「回來了？」

聲音從黑暗深處飄來，嚇得江楠一個哆嗦，直疼得她快叫出了聲。

「媽媽……妳已經回來了？」

房間沒有開燈，許久媽媽的影子才生出輪廓，僵僵矗立在眼前，如同一座雕塑。

「今天我下班得早。」

「哦。」江楠望著那個陰影，「我……剛從樓梯上摔了下去。」

「是嗎？」

「嗯，樓道太黑，沒注意……」

「樓道燈從來就沒亮過，妳不也沒摔過嗎？」

兩人對望著，空氣凝固了。

「哦，是因為今天……」

「很疼吧！」媽媽忽然開口。

「可不疼嘛……」江楠剛想鬆口氣，卻卡在了胸口。

「疼就對了！」

「啊？」江楠詫異地望向那團代表媽媽的影子，慢慢捕捉到她藏在黑暗中的眼神。

冷漠。

「我剛才說，疼就對了！」

江楠緩緩站起，疼痛沒再阻礙她的動作。

「活該！」

聲音再次來自那片黑暗。

「媽媽，不是妳想的那樣……」江楠忍著膝蓋關節的疼痛，不過身體上的哀號卻已轉移到了心裡。

「我想的那樣……妳又知道我在想什麼？」

「我不是小三。」

「不需要回答。」媽媽的語氣冷冷冰冰。

「我不是小三！」江楠再次強調，死死攥緊了拳頭。由於嘴裡破了皮，她舔到一股甜甜的腥味。

「我沒有想到……」

「我再說一次，我不是小三！」江楠死咬牙關、不禁怒吼，牙齦中殘留的血漬也被一併噴出。

「是不是小三不用告訴我，妳自己心裡清楚。」

「媽媽！」江楠憤憤搖頭，「連妳都不相信我？」

「相不相信不重要。不過，那個男人看起來挺有錢的，妳去酒吧兼職不就是為了錢嗎？」

「我為了錢？」江楠感覺一股力量就要從心頭噴湧而出，「妳認為我為了錢！」

「和那種有妻子的男人在一起難道為了愛情？」

江楠百口莫辯，悲憤交加，半張著嘴點了點頭：「行，行，妳說我為了錢，那就為了錢吧！」

「很難受嗎？很委屈嗎？」媽媽從陰影中走出，帶著深深的輕蔑，「妳在酒吧被別人那樣妳就不難受就不委屈嗎？我知道，都是為了錢，被有婦之夫包養，不也是為了錢嗎？」

「是是是，我就是小三！我是為了錢！我不能為錢嗎！我能不為錢嗎！」江楠怒不可遏，衝著桌上的花瓶揮去，瞬間傳來刺耳的破碎聲，那還是小學參加畢業晚會時抽獎得到的。

碎片聲中，媽媽沒有言語。

「我有選擇嗎？」江楠忍住奪眶而出的淚水，「活在這樣的家庭中，我有其他選擇嗎？」

「我們既不偷又不搶，窮就窮點，有什麼大不了？」

「有什麼大不了？」江楠冷笑著點點頭，「在妳那時當然無所謂。可我呢？妳知道處處不如別人是種什麼滋味嗎？從小到大，別人都有穿不完的衣服、玩不完的玩具，我呢？什麼都沒有！」

「妳那是攀比……和別人比，只會讓妳過得難受，慢慢迷失……」

「不是！」江楠急促呼吸，兩眼猩紅，理智已是匹脫韁的野馬，「我的人生才剛剛開始，就已經看不到未來，難道讓我今後的孩子也這樣嗎？」

媽媽低著頭，淡淡回答：「這些我知道，媽媽也在努力……」

「努力？」江楠臉上掛著譏諷，「對啊，就因為妳這麼努力，就因為妳這麼辛苦，可掙的錢也就只夠咱倆的基本開銷。所以當妳嘴上說讓我買，我好意思買嗎？每次我想換新手機，都有個聲音在我腦子裡嗡嗡作響！這個聲音說：妳媽都這麼不容易了，妳有什麼資格過得像她們那樣，去享受這個年紀該有的生活？別人可以學鋼琴，可以學跳舞，我呢？從來沒有這樣的機會！我也想去旅遊、發照片讓別人羨慕，我也想用最新款的手機……妳以為我是真的不想要嗎？我連表達這些想法的資格都沒有。我想要，我都想要！」

「對不起。」

「我去兼職為了什麼？錢啊！妳說得對，在酒吧被人那樣……媽媽妳看不起我是吧，是的，連我也看不起這樣的自己，我也恨這樣的自己！」

「妳應該很恨媽媽吧……」

「成年人談恨有用嗎？」江楠盯著那片黑暗，不疾不徐：「我只有通過這樣努力，才能掙錢，掙很多錢。只有錢，才能在將來代替那些『毒雞湯』敷衍我的孩子！」

「對不起，是媽媽……」

「還有我的親生父親……」江楠內心翻江倒海，早已口不擇言，「他應該是不敢出現吧？」

「妳什麼意思？」媽媽抬頭看向江楠。

「知道小時候為什麼我總和別人打架嗎？那些風言風語妳都裝作沒聽見嗎？」還未待對面搭腔，江楠緊接著，「他們都罵我是野種！後來我連反駁都不敢，因為他們罵輕了，我連野種都不如，我就是個殺人犯的女兒！」

「妳知道不是的……妳爸爸不是……」

媽媽的聲音閃過一絲顫抖，但江楠此時卻充斥著傾倒垃圾的痛快。

「不是？不是當年那女的會這麼說？如果不是，那當時妳為什麼連個屁都不敢放？真把我當小孩子了?!犯錯的分明是你們大人，卻讓我生活在了一個單親家庭中！」

「對不起……」

媽媽閉上眼睛，在黑暗中顫抖。纖弱的她就像風中的樹苗，腳跟幾乎站不住了。

「對不起！讓妳產生這樣的誤會……妳爸爸，他真的沒有殺人。那是一場意外……當年他失足從樓上墜下，砸死了路過的一個人……我將家裡所有的錢用作賠償……」

一字一句，深深壓在了江楠的心頭。

兩人都未再言語，時間在沉默中流逝，如果不是樓梯間偶有腳步在響動，世界彷彿靜止。

不知過了多久，媽媽才開始慢慢挪動身子，向這邊走來。她緩緩經過江楠身邊，卻沒有說話。一切繼續沉默，整個世界只有雜亂無序的呼吸，在攪動黑暗中的空氣。那個女人拖著孤單的影子，消失在了背後的黑暗處。很快，門被她毫無精神地關上，沉重的腳步聲漸行漸遠，直至消失。

江楠脫力地靠向牆壁，慢慢滑到地板，蜷起身子。她將雙手放在臉上不斷摩挲。那雙失去血色的手冷如冰浸，讓她體會著這個世界的溫度。

許久，窗外漸次明亮起來，那是上班族紛紛回到家中的信號。亮光越來越多，逐漸將這間小房子圍了起來，須臾，炒菜下鍋的煎炸聲此起彼伏，她彷彿聞到了糟辣椒炒豬肝的味道。

那是媽媽的拿手菜。

江楠來到窗前，帶著對生活深深的失望，長長嘆了一口氣。多年來，她早就準備好會是這種答案。雨後的新葉在院落中搖晃，空氣中也帶上了泥土的氣息。多年過去，有些樹枝甚至已經超過了五樓，向自己延伸而來。繁茂的枝葉遮住了低層的視線，蓋住了影影綽綽的行人，或許也擋住了某個熟悉的身影。

她回想起剛剛和媽媽吵架時，脫口而出的那些話……被媽媽誤會或許只是一個誘因，但該說的、不該說的，都被自己一一宣洩了出來，也得到了不再重要的答案……忽然，江楠意識到自己不該這樣。

隔壁傳來了上菜的聲音，伴隨著光明與溫度，可以想像全家人都已經圍在了餐桌周圍。以往，無論和媽媽吵成怎樣，她都會做好一桌香噴噴的菜來「引誘」自己，然後和解。如果說剛才只是意識到自己有不對的地方，現在江楠則感到空前後悔。有些話，確實不該說。越是最親近的人，越會帶來難以挽回的傷害。室內的空氣死死沉寂著，充斥著厚重的黑暗。直到現在，媽媽都沒有拎著在超市買來的食材出現在門口。已經過了八點，江楠實在按捺不住，一把抓起手機，解開了鎖。

撥號的瞬間被來電切斷，螢幕上的號碼是媽媽的，話筒傳出的聲音卻來自另外一個人。

交通事故，肇事者，搶救……

江楠只聽清楚這幾個字。

⌛ ⌛ ⌛

事故發生在江楠社區隔街的轉角口。汽車的A柱形成了一個視線盲區，加上肇事司機趕著回家，在拐彎時沒能及時減速，直到將人捲至車底，造成顛簸才反應過來。起初司機以為輾到了什麼，下車才發現一個中年女人已悄無聲息地躺在了血泊中。她手中提著的東西散落一地，有蔬菜、土豆（馬鈴薯）、一瓶碎開的醋，還約有半斤豬肝。紅的、黑的、綠的、黃的，現場五顏六色，五味雜陳。

急診搶救室外，白大褂的醫生進進出出。好幾次江楠按捺不住，想起身詢問狀況，但她沒有。雖然已經隱隱猜到什麼，仍害怕一旦宣布，所有的期望和幻想都會落空。這種畫面，電視劇中出現過不少，但那裡面沒有刺鼻的福馬林，沒有昏暗的燈光，沒有樓下那個讓自己絆了一跤的臺階。比起電視，這裡也同樣沒有跑上跑下的護士（護理師），沒有力挽狂瀾的醫生，所有人都只戴著厚厚的口罩，看不出喜怒哀樂，如同冷漠的宣判者。

傷者已脫離生命危險。

很遺憾……

面對家屬的大起大落，一切都過於麻木冷冰，似乎生老病死本就是天天上演的戲碼。人間就是有太多不幸，一切都已司空見慣，大家只能各司其職，一絲不苟卻又毫無溫度地重複手上的工作。

媽媽會死嗎？

江楠坐在門外，惝怳不安。這個毫無真實感的念頭和曾經那些畫面在腦海裡交相影映。

二十多年前的某個夏天，和媽媽在院子裡收集蟬蛻的過往在腦海中莫名深刻。烈日在肌膚上灼下的溫度、母親爽朗的笑聲，還有那個從老槐樹上摔下來的自己……曾經一幕幕都在短暫的瞬間於腦海裡閃過，變得近在眼前。江楠拉不住思緒，滿腦海都是過去的點滴，迷茫中覺得那些才是真切實在的，而現在的世界，恍如一個夢。夢境中，是不會有難過的情緒，而是一種難以名狀的恐懼。半夢半醒中，她不斷哆嗦，劇烈顫抖。媽媽，那個唯一可以依靠的人現在無法說話，奄奄一息地躺在離自己十步以內的房間中。今天，如果沒有被當成小三、如果沒有被媽媽撞見、如果沒有說出那番話、如果媽媽沒有奪門而出……哪怕媽媽在出門時記得戴上隱形眼鏡，或許都不至於對突來的危險失去警覺，被生生捲至車底。

江楠深深吸了一口氣，再緩緩呼出。

可身體抖動得更劇烈了。

時間無聲無息地流逝，如同消耗著母親僅有的時光。熟悉又陌生的病危通知書簽了一次又一次。她知道，一次比一次嚴重，一次比一次絕望。每一次簽字，都是自己對母親無情的宣判，而她清楚冥冥中早已注定，那些不負責任的話、那些年的猜忌，其實已經對母親做出了宣判。

毫無徵兆地，搶救室的門打開了，比江楠預期的時間早了太多。上一次簽病危通知書的時間只在十分鐘前，這一次的間隔顯得過於迫近。迫近得無法呼吸，迫近得難有轉機。一名老醫生緩緩摘下口罩，僵著嘴唇沒有半點表情。只見他下巴的肥肉已經鬆弛，被皺紋切割成了魚鱗狀，泛著深褐色澤，一如噩夢中濃稠的黑色液體就要將自己淹沒……回過神來，才發現沒能聽清醫生宣布的結果，但她知道，其實已經聽清楚了。老醫生身後的醫護人員個個累得嘴唇發白、面無血色，背脊卻依舊挺得筆直。他們沒有任何欣喜，也沒有任何悲傷。某一瞬間，波瀾不驚的氣氛讓江楠一度以為事情還沒到那步。或許，能有奇蹟，哪怕暫時昏迷不醒，哪怕成為植物人……

劇本已經鎖定，無法改變，不會有如果了。

他們身後的門敞開著。江楠站起身來，怯怯地將視線衝裡面探去……第一眼卻什麼都沒看到，只有消毒水的氣味讓她感到暈眩，連忙捂著額頭扶在了門把上。

黑暗中，只有呼吸聲。一秒，兩秒，三秒……

睜眼，定神，挪著腳步走了進去。房間中，所有儀器都放棄了努力，只有母親，仍孤零零地躺在一張病床上。白色的被單湮著血，深一塊、淺一片泛著令人絕望的絳紅色，如杪秋楓葉般層林漸染，就要將奄奄一息的她完全埋葬。而握住的那隻手粗糙無比，不斷流失的體溫讓它蒼白冰冷。江楠死死捏著，不肯放開，彷彿奢望能將希望和奇蹟注入那個軀殼。媽媽虛弱的目光正注視著自己，像是要說些什麼，卻沒發出一點聲音，只勉強微笑搖了搖頭。

沒有用了。

「對不……起……」媽媽牽動著消瘦的臉，張開嘴唇，漏出氣息，「我想……是媽媽冤枉妳了。」

江楠捂住不受控制的嘴唇，點了點頭，又連忙搖頭，淚水早已決堤。

「這些年……還是讓江楠受了這麼多委屈。」

「別說……別說了……」江楠使勁甩著腦袋，想說對不起，想說自己說錯了話，這麼些年都誤會媽媽了，想說該被天打雷劈，卻一句都沒能表達出來。她厲聲嗚咽：「不是這樣，不是這樣的……這些年，我很快樂，我真的很快樂！」

「真的嗎……」

江楠粗暴地抹著臉頰上的淚水，擠出笑顏。

「我真的好開心！那時候，能和媽媽一起逛商場、看電影、做飯洗碗……只要是和媽媽在一起……」

「聽我說……」

「嗯。」江楠抽泣著強忍眼淚，「女兒聽著呢！」

「這些年……妳嘴上不問，其實我知道妳一直好奇父親的事……媽媽沒有告訴妳……是為妳好！希望江楠能向前看……糾纏過去，只會讓妳陷入一個無底的黑洞……」

「別說了，別說了媽媽……我什麼也不在意，只要媽媽……」江楠沒能說下去，又埋下臉狠狠點頭，「我答應妳，不再糾纏了，我也不去酒吧兼職了，什麼都聽媽媽的……媽媽能陪著我嗎？求妳了，別把我落下……」

媽媽沒有說話，哀傷的目光拒絕著她，江楠無可奈何，只能死死抓住那雙手。曾經，每當她深感恐懼時，都會拉住媽媽的手，那樣就不會怕了。

手還是那雙手，但溫度已經不是了。

「江楠……」媽媽嗓音裡摻進了更多抽氣聲。

「媽媽，女兒在的。」

「那一年的……流星雨，我許了一個願……」

「嗯，嗯！」

「早晚……妳一定會找到那個真正喜歡的人……他也深深愛著妳……心疼妳……保護妳……妳們會戀愛……結婚……」

每一個字都如同槍彈，狠狠射入江楠的眉心。她低著頭，早已泣不成聲。她清楚，母親現在之所以還能清楚表達，僅僅是因人在重傷導致器官衰竭時，細胞通過快速分解釋放能量以維持大腦、心臟等短暫功能。大多數人稱這叫「迴光返照」。

「媽媽多麼想看到……妳能找到那個人生伴侶。看到……你們能牽著手，步入神聖的殿堂……對不起……要是能夠親自見證那一刻，就好了……」

媽媽眼角噙滿淚水，顫抖的聲音越來越小。死神，正一點一點抽走彌留的生命。這個世界上最親的人，正慢慢消失。很快，江楠已聽不清楚這個女人嘴裡的內容。她將臉輕輕埋下，湊至媽媽耳根，輕聲呢喃：「這些年謝謝妳，若真有另一個世界，換我保護妳……」

窗外寒鳥啼霜，路樹哭葉；天空無星無月，淒冷蕭條。

江楠不知道，也沒有確認母親什麼時候落下最後一口氣。那一晚，她只牢牢攥著那雙冰涼的手，再也沒有放開。

那一天，她同時失去了父親和母親。

☼第十四章

「你已經結婚了吧？」

曲思靜的這句話，令肖默寒毛都快炸裂，心臟霎時停在了半空。他微張嘴巴，瞳孔僵持著望向昏暗的天花板，在刺眼的射燈中半天沒有說話。他連忙用手機掃著餐桌上的二維碼（QR code），嘗試點些東西，卻因網路的關係半天都沒能跳出顯示介面。

肖默硬著頭皮。

「妳說什麼？誰……結婚？」

「你！」

「我……還沒……」

「撒謊！下週不是平安夜嗎？還打算約你一起去看《你的名字》呢，居然被你直接拒絕了。」

「哎，想什麼呢！那天我不說有事嘛！」肖默鬆了口氣。

「少來，你妻子應該叫謝雨吧！」

「什麼？」肖默覺得自己已經玩完了。

「還《你的名字》，我的名字你也叫錯了，剛才你分明對著我喊了一聲『謝雨』。」曲思靜一副早已將一切看穿的神情，「我應該沒聽錯吧？」

「我有這樣叫？」肖默倏地想起剛才確實失口叫錯，當時以為她並沒在意，原來還是被聽到了，「我是說明天要……下雨吧……」

話音未落，曲思靜將手機上的天氣預報打開來，遞到肖默眼前。

螢幕上，未來天天都是大晴天。

她撲閃著眼睛，帶著俏皮重重點了點頭：「所以謝雨是你妻子，你準備那天陪她過節吧！」

如果連平安夜都不回家肯定會被懷疑，那天他確實打算早早下班。看來謊言都藏不住，肖默既沒有否認，也沒馬上開口。

靈機一動！

「對不起，其實騙妳了……」

「嗯。」曲思靜的眼睛死死盯著自己。

「我有一個前女友，她叫謝雨。」肖默大腦飛速運轉著，「我和她曾在一起很久……」他咽了口唾沫，潤著嗓子，「第一次認識她還是在高中……」

肖默不斷回憶著與謝雨的過往，遙遠的回憶讓情感流露得真真切切，而曲思靜也輕抿著奶茶，認真聽著。

「……所以，她最後為了更好的發展，去了另一個城市是嗎？」

面對曲思靜的追問，肖默沒有回答，此時無聲勝有聲。

「我和她是在平安夜的那一晚分開的。」肖默調動著渾身的演技，感覺比以前進步了許多，「所以每到那天，我都會出於朋友間的問候給她打個電話……其實……是真會有些想她……」

「原來是這樣。」曲思靜低著頭，若有所思，「所以這就是那天你從酒店丟下我一個人離開的原因？」

「沒有人能替代。」肖默將柔和的目光移向曲思靜，「實在抱歉，把妳牽扯進來，或許妳身上有她的影子吧，特別是第一次見到妳時就覺得……」他戛然而止，又馬上接道，「但我知道不該這麼對著妳叫她的名字，這對妳不公平！」

「我從不奢望能代替她。」曲思靜喃喃說道，「所以你這半年來才對我若即若離……」

「對不起！」肖默搖了搖頭，發自肺腑。

「道歉幹嘛呢？」

「我確實騙了妳。」

看著肖默煞有其事的反應，曲思靜反倒輕鬆一笑：「其實我也騙了你。」

「哦？什麼？」

「沒什麼。」她搖了搖頭，「記得第一次見面時你問我約過幾個嗎？」

「嗯。」

「你還是第一個。」

肖默忽然感到受寵若驚，詫異的表情彷彿在問：為什麼？

「我也不知道為什麼……冥冥中，或許這是命運的安排吧！」曲思靜搖了搖頭，「是不是很傻？」

這番話，讓他愧疚感油然而生。曾經與謝雨在一起時，她就有說過這樣的話，這一刻，兩人似乎連眉宇間都帶著一絲神似。

「妳覺得我渣嗎？」

「哈哈！」曲思靜爽朗一笑，「看來你很在意別人的看法哦！」

或許吧……

「和我在一起，你開心嗎？」曲思靜反問。

「嗯。」

「那不就得了！」

「我不是這個意思，這對妳不公平。」

「那你打算放棄她，然後娶我嗎？」

肖默真想狠狠抽自己一耳光，分明逢場作戲，卻還將僅存的良心帶了進來。沒辦法，他只能讓空氣沉默，借此給出答案。

「沒關係，我不奢望什麼，大家各取所需而已，不過……」曲思靜刻意頓了頓，「還有件事你也騙了我吧！」

「嗯？」

「那天，你說有五次這樣的經歷，其實也就第一次吧！」

肖默並未否認，乾脆地點了點頭。

曲思靜也跟著輕輕頷首：「原來如此，我早就感到奇怪了……」

肖默保持著低沉的情緒，卻偷偷豎起耳朵，看看曲思靜接下來準備說什麼。

「你總是太有章法了。」曲思靜忽然道。

「什麼？」他感到不解。

「換句話來說……」曲思靜遲疑著，理了理自己想要表達的，「你是不是從小就很規矩啊？」

肖默越發地不可思議，鼓著眼睛望向她。

「哈哈，突然這麼說很奇怪吧，我也不知道為什麼對你會有這種看法，或許就是平時跟你說話時的感覺吧！」

「平時我說話有什麼問題嗎？」

「倒不是存在什麼問題……可能也只是我個人感覺。聊天時，你好像都不太愛表達自己的觀點，總愛順著別人的話題，就像在應付考試一樣，太小心了，完全感受不出作為人該有的情緒。」

「我沒表達嗎？我明明……」

「和網上那個你完全不一樣。」曲思靜打斷道，「真正接觸就會發現你骨子裡其實是個……不知道這麼說是否恰當——你是我見過的比較老實本分的男人。」

「我老實本分？」肖默急於反駁，努力擠出一絲壞笑，「我第一次都把妳約到酒店了。」

「就你那種表現？」

肖默尷尬地笑了笑。

「據我觀察，你內心深處絕對是個很有分寸與章法的人，或許從小時候的教育有關。」曲思靜的語速不快不慢。

「妳還真分析上啦？」肖默故作輕鬆，「那妳倒說說……」

「你打過架嗎？」

「什麼？」

「回答我就好，挺好奇像你這樣的人是不是從來沒有打過架、逃過課、掛過科，甚至沒被父母打罵過？」

「我……」面對直戳心窩的問題，肖默搖了搖頭，「這有什麼關係呢？沒打過架這些很正常吧……」

「真的不正常！」曲思靜抿嘴一笑，一副果不出所料的樣子，「因為你從小就認為打架、蹺課、掛科這些是錯的，所以……」

「當然是錯的了！」肖默內心據理力爭，語氣刻意輕描淡寫，「妳沒事吧，還是我三觀出了問題？」

「你覺得沒問題，但我們都是有血有肉的人，不是機器，是人就會犯錯不是嗎？」

「或許吧……」肖默嘆了口氣，「可如果儘量不去犯錯或者少去犯錯，不是更好嗎？」

「對！問題就出在這裡。」曲思靜撥了撥髮梢，用臂彎枕著頭，「你應該從小就是一個特別小心的人，害怕犯錯、害怕讓別人失望、更害怕為別人帶來麻煩……換句話說，你規劃中的人生只能有一條路，其他路在你看來都是歧途。」

「好像是吧。」肖默故作輕鬆。

「可你發現沒有，現實中會有無數原先你認為走錯路的人偏偏取得了成功，得到了你得不到東西。這不很諷刺嗎？」

「妳怎麼知道？」

「拜託，這很正常好嗎，但你卻覺得不正常，所以開始懷疑自己，甚至討厭原來這麼規矩的自己，哪怕嘴上不說，恐怕也會好奇並嚮往有朝一日能有『試錯』的機會吧！但你畢竟是一個成年人，沒必要再違逆父母、再和誰打一架，更沒必要故意將工作搞砸，唯一能試錯的，不就是用虛擬 APP 打掩護，來一場從未有過的豔遇嗎？」

肖默沉默了，這時連他都分不清自己和曲思靜這一段荒唐是出於男人的潛在天性，還是對二十多年「人設」的報復。或許人真的會在某個瞬間摒棄所有，放肆地只為自己而活吧！須臾，他苦笑著表示認同，卻詫異起這個女人已經看出了這麼多。記得上次聊天時，曲思靜曾稱自己是個自由職業者，他也就沒有多問。

「妳到底是做什麼的？」

「你看我像做什麼的？」曲思靜咧嘴淺笑。

「妳為什麼會對我這麼瞭解？」

「不是對你這麼瞭解……我平時愛寫點小說，所以比較愛觀察每一個人的性格特點和說話方式。」

「妳是個作家？」

「厲害吧，我可是個寶藏女孩！」

「那妳寫的是什麼類型？」肖默饒有興致，「言情？懸疑？」

「你還當真啦？」曲思靜搖了搖頭，若有所思，「隨便寫寫的東西，根本沒有人看。」

「不會將我也寫進去了吧？」

「這倒是個好主意！」

「別別！」肖默笑著打趣，「我可不想出名。」

「真別說，再過段時間，你第一次見面就把人家約到酒店的醜事就家喻戶曉了！」

「哈哈，那出版前得先讓我檢查檢查。」

「能寫完就不錯了，還出版呢！」

「我很認真的。」肖默倏地想到另一件事，「妳不是叫曲思靜嗎？『M』上那個『江楠』的網名……」

「嗯，也是我小說中的人物。」

「這名字挺好聽。」

「對啊！」曲思靜煞有其事，卻又帶著俏皮的口吻，「如果將來有個女兒，一定得叫這個名字。」

肖默笑了笑沒有說話，歸咎自己也用了假名，他打一開始就對曲思靜這個名字產生過懷疑，甚至第一次在酒店趁她洗澡時偷偷翻過皮包，並親眼確認過駕照上的肖像和姓名。

「那如果有一天……」曲思靜輕輕咬著奶茶的吸管，「你的那個謝雨回來了，你如願和她在一起，那你還會繼續找我嗎？」

「可能會吧！」

「這怎麼行？都有她了，你怎麼還能再找我呢！」

這句話，肖默聽著不是滋味。

「這樣啊……」

曲思靜戲謔一笑。

「不過好在她還不是沒回來嘛，那你就和我將就一下咯！」

肖默尷尬一笑。

「那麼接下來，咱們該做點什麼呢？」曲思靜雙眼上翻，語氣挑逗。

肖默看了看手機時間，現在是晚上八點，找個酒店溫存一下的時間勉強還夠。可不知為什麼，他心中還是忐忑，哪怕在這之前，他已經期待好久。

「今天要不先這樣吧，有點感傷，可能是因為她的關係。」

空氣忽然安靜了下來，兩人各懷心事，沒再說話。

兩人分開後，肖默上了地鐵，心事重重。

謝雨作為自己的妻子，不僅稱職，可以說挑不出半點毛病。每天完成工作後，她都早早回家，一門心思張羅著家務事。明顯看出，婚後謝雨是帶著與所愛之人共同開創新生活的美好憧憬，心甘情願地犧牲壓榨著自己的時間和圈子。面對這樣一個近乎完美的妻子，還有什麼不滿意的呢？

或許，曲思靜身上就是有一種可以激起男人征服欲的野性。反觀謝雨，就缺少了那種讓自己想去掌控的欲望。和她的婚姻自然會存續下去，但早已沒有了當初面紅耳赤的悸動，所以曲思靜的出現，成為了恰到好處的補充。或許就像鄭翔所說，男人就是這樣一種矛盾且自私的生物，他們既希望穩定、希望有著體面的工作和幸福的家庭，又難以抵擋外來的誘惑，追求著生活中潛在的刺激。哪怕這種刺激的代價很大，大到許將毀掉辛苦積累的人生……

今天曲思靜說得對，當初就是一種試錯心理，是想證明活著的自己不是一臺機器，而是一個有血有肉的男人。可之後呢？依舊和曲思靜保持不正當的關係，並企圖染指她的肉體，甚至今天她已經猜到自己是個有家室的人……肖默已經找不出任何藉口，自己就是一個會婚內出軌的渣男，不僅欺騙了謝雨，也將曲思靜蒙在了鼓裡。一切顯然已朝著不可挽回的方向發展，他卻想不明白這個錯誤究竟從何時開始。是第一次約曲思靜，還是第一次下載「M」，亦或是從很久以前人生就已經偏離了正軌。

回到家時，牆上的掛鐘已經指向了九點半。他順手接過謝雨端來的煨湯，發出呼呼聲。

「吃慢點，你說都開年了，怎麼還這麼忙。」

「白天已經很高效了，本來說事情都處理得差不多……」肖默緩緩組織著早就編好的故事，「偏偏省裡面哪個領導又要求做一個緊急調研，加了兩個小時的班才完成。」他用餘光輕輕瞥著謝雨，發現她根本心不在焉，白白浪費了一個這麼好的「劇本」。

「你可別學你們那些同事！」

肖默的心漏跳了一拍。

「三餐都得按點吃，像他們那些總不吃飯就加班可不行！」

他重重點頭，時刻將心提著著實不好受。

「喂，別心不在焉，答應我！」謝雨鼓著眼睛，那眼神還和大學時一模一樣。

「好，好，我哪天沒按時了？」肖默將碗輕輕放下，胃中的暖意慢慢勻開，「聽說有部電影還不錯，想去看嗎？」

「什麼電影？」

「好像叫《你的名字》，聽同事說還不錯。」

「是嗎……」謝雨緩緩應道，驟然發問，「哪個同事？」

「唔？」肖默明白謝雨問的是什麼，更清楚越遲疑，往往就越可疑，「哦，那個，是鄭翔。」

「那電影我知道，他一個男的會看這種愛情動畫片？」謝雨投來懷疑的目光：應該不是他吧？

「哎，估計是陪女朋友去看的吧？」

「他不是沒女朋友嘛？」

謝雨接連追問起來，似乎越發關注這個問題。兩人一問一答環環相扣，他知道這時若節奏一亂，將會引起一系列連鎖潰敗，那就徹底完了。

「難道沒告訴妳嗎？」肖默露出一絲壞笑，及時挽救了即將崩壞的五官，「他那傢伙不是沒女朋友，而是有太多女朋友……」

謝雨全然會意，笑著搖了搖頭。

「我看吶，搞不好他這幾天看了不止一遍。」肖默趕忙岔開話題，逃之夭夭，「對了，要過年了，妳看給你父母選點什麼東西？」

「千萬別！」謝雨連忙擺手，「他倆今天才告訴我說去年那個按摩椅就沒怎麼用，特地囑咐今年千萬別再亂花錢了。」

「這樣啊……」肖默死裡逃生，亢奮的神經一時喋喋不休，「那上次妳在網上看中的那個『平板』買了沒？錢夠嗎？，我這裡——」

「這段時間感覺你對我特別上心哦！」謝雨忽然神祕一笑，「不會是做了什麼對不起我的事吧？」

「妳說什麼呢？」剛一開口，肖默就覺得自己反應有些過度，「我怎麼可能——」

「跟你開玩笑呢！這麼多年我還不瞭解你嗎？單位和家裡永遠兩點一線，別說出軌，平日連個異性朋友都沒有。如果連你這種人都會背叛，恐怕今後這世上找不到還能相信的人了！」

話音間，謝雨用手輕輕握住了肖默的手。和往常一樣，那輕柔的眸光猶如一把削尖的竹籤，不偏不倚，狠狠扎向了良心深處最脆弱的部位。

「這有什麼！男人嘛，都得賺錢養家。」這句話讓肖默感到一通諷刺。

「其實我知道，這半年來你對我這麼上心是因為孩子……」謝雨的聲音變得低沉，「希望我能儘快走出來。」

肖默清楚那還是在半年前，有天上班時接到了妻子的電話，稱下面流血了。去醫院的路上，他不斷安撫謝雨，內心卻隱隱升起一股不安。果然，肚子裡的胎兒出現了生化妊娠，沒能保住。聽醫生說，由於謝雨與生俱來的體質問題，卵子存在基因缺陷，造成與精子結合的胚胎難以在體內著床。即是說，兩人恐怕再也懷不上孩子……為此肖默良心深感自責，有種是因自己犯錯才遭到懲罰的不安。

就在這時，謝雨像決定好什麼事一樣開了口：「還記得上上個月的旅行嗎？」

「嗯，怎麼啦？」肖默記得，為了儘快讓妻子走出陰霾，他狠心請了長假，兩人在美國加州度過了兩週的愉快時光。

「其實這個月我去了趟醫院，醫生說，我又……現在算來應該有五十六天了。」

「啊？」直到這時，肖默才恍悟到妻子今天這一齣，思緒不禁飄回兩月前在加州的某個傍晚，「原來是那時候……太好了，太好了！」他連忙掏出手機，「我得趕緊跟爸媽報個喜！」

「別，別！」

「嗯，怎麼了？」

「上次寶貝就是頭三個月時……」謝雨的聲音仍有些難過，「這段時間胎兒還不太穩定，迷信講……

這種事就怕趕巧。那天醫生也說，讓我盡可能多休息。」

「嗯嗯！」肖默重重點頭，「胎兒不穩定嗎？那趕緊好好休息休息吧，有向領導請假嗎？」

「這倒不至於，只說說呢！」謝雨急忙解釋，「平時我上班不算忙，哪像你們……只是這段時間可能沒辦法天天下廚了，你得委屈一下。」

「這有什麼，只要妳和我們的孩子平安健康……」他又望了望謝雨的小腹，想到那裡失而復得的小生命，感到一陣欣慰，「太好了，太好了。」

「嗯嗯。」謝雨一掃陰霾，已掩不住喜悅，「本來『平板』都選好了，考慮到輻射還是不買了，這一次，只希望寶貝能平平安安的。」

肖默點點頭，將伸向妻子小腹的手輕輕抽回，生怕那裡的能量被自己的磁場打亂。他這才發現，擁有的這一切並非只是可有可無的幸福，自己根本就離不開這個女人。

「把拍立得相機拿出來吧！」謝雨忽然提議，那還是去年聖誕節肖默送的，精挑細選的款式令她十分可心。

「拍立得啊！」肖默想起來了，「都忘了還有它。」

「是啊！那天還說要用它將珍貴的時刻都記錄下來呢！這不就是最值得記錄的時刻嗎？」

肖默來到玄關的櫃子中一陣翻找，那玩意兒就在那裡。他旋即將相機放到電視旁，調好角度，設置成延時拍攝，拍下了沙發上的兩人。

喀嚓一聲，鏡頭裡的他們笑得很幸福。

☽第十五章

那是一個夢。

夢中，有一片金燦燦的沙灘，惶惶灼目，讓人睜不開眼。江楠和媽媽在海邊肆意玩耍，浪花撲面而來，躲閃不及，被拍打得狼狽不堪。母女倆相視對望，對方的窘樣盡收眼底，不禁哈哈大笑。兩人妳追我、我趕妳，在沙灘上奔跑追逐、撒著歡兒。江楠回頭，媽媽就在身後。媽媽回頭，江楠也攆著她。她們沿著沙灘向前走、不斷走，就要走到天邊，走到時間的盡頭。走累了，她倆就並肩而坐，輕聲喘息，望向遠方。

眼前的陽光折射在海面上，波光瀲灩。兩片藍色一直延伸到海天交界處，勾出弧度，彷彿在對她們微笑。

「開心嗎？」媽媽問。

「開心！」江楠回答。

「我家江楠好久都沒像現在這樣開心了。」

「才沒有呢，我一直都很開心！」海風輕輕揚起她的髮絲。

「真的嗎？」

「人生在世，最重要的就是開心！」

媽媽笑了笑。

「就沒煩惱過什麼嗎？」

「有啊！」

「哦？」

「胸部為什麼會長這麼大，『70F』，真是件煩惱的事。」

「想得挺美！」

「哈哈哈哈哈！」

伴著此起彼伏的潮汐聲，兩人又嬉鬧在一起。遠處的風趕著浪花，泛起層層波濤，不經意間打出無數白色泡沫，又悄無聲息地消失在海裡。

「媽媽。」

「嗯？」

「女兒都這麼大了，還天天擠一起妳不嫌煩嗎？」

「煩是有點煩了，湊合吧！」

「哈哈，那我就繼續黏著妳咯！」

「傻孩子，媽媽總歸有天會離開妳的……」

「我知道啊！」江楠對著遠方咧出一個微笑，天邊的夕陽開始西墜，如同一個暈碎的蛋黃，點燃了整片天空。

「但至少眼下在一起嘛！」

「如果有天媽媽不在身邊了，江楠也要繼續這樣開心，知道嗎？」

海風將江楠的額發吹進眼睛，她忍住沒用手去撓，使勁甩了甩：「知道了。」

「要學會照顧自己。」

「這話該對妳自己講吧！」

媽媽沉默起來，江楠慌忙接道：「知道了，知道了，我會照顧好自己的。」

媽媽沒再說話。

兩人再次將視線投向遠方，夕陽的下沿已浸入海裡。海風徐徐拂來，將她綰著的鬈髮不斷吹起，又輕輕落下。

「媽媽。」

「嗯？」

「今後，我能找到那個保護我的人嗎？」

「當然能了。」

「他很帥嗎？」

「很帥。」

「他會乖乖聽我話嗎？」

「會。」

「哈哈，那他會對我不離不棄嗎？」

「會。」

「那媽媽能永遠和我在一起嗎？」

「不行……」

「居然沒上當，好沒意思！」江楠撇著嘴，「那在另一個世界裡……我能和媽媽永遠在一起嗎？」

一旁媽媽無奈地搖了搖頭：「沒有什麼東西能是永遠的。」

「這倒是啊。」

「媽媽。」

「嗯？」

「我愛妳！」

「我也愛妳！」

太陽慢慢沉下，融化在了海水裡，將世界變成赤橙，母親的側影不覺間也附上了一層毛茸茸的光輝。

「媽媽。」

「嗯？」

「沒事，就想多叫叫。」

「傻孩子。」

「媽媽。」

「在呢！」

江楠再次將視線投到天邊，望向那彷彿沒人能抵達的地方。

「大海真的好美，希望就這樣一直坐著，靜靜望著，什麼都不想，什麼都不做……」

「……」

風聲在耳畔吹拂，回應卻不再。

江楠緩緩側身，望著身旁，那個位置忽然空了。她纖細的手腕輕輕抬起，衝那個地方探出。只一下，就撥散了殘留在空氣中的餘韻。

媽媽……

江楠將手緩緩收回，閉上雙眼，在光與影的世界中感受夕暉的撫觸。

過了很久，才緩緩睜眼。視線中，空白一片的天花板在陽光的折射下微微泛著米黃。江楠神情茫然，像被抽空似的，一副不願面對這個世界的表情。天花板是正方形、燈是圓形，她望著那方天地一直發怔，就要將僅有的形狀看出幻覺來。過了好一陣，才緩緩坐起，抓撓著蓬鬆的頭髮，打出一個哈欠。

冬日間的陽光難能可貴，光芒從窗戶射進，切割著眼前的空間。從這邊望去，細小的塵埃彷彿被注入了活力，在光的指引下四處遊走。她索性將換洗的秋褲褪下，朝那邊丟去，一時間，乾燥剝落的皮屑像被賦予了生命，如同一個個翩翩起舞的精靈。

好半天才停下。

週末是懶散的一天，時間不知不覺已來到正午，她卻感到渾身乏力。由於剪去了長髮，鏡子前那個腦袋上的頭髮不禁凌亂地翹著。她不斷撥弄，愈發顯得滑稽，而睡覺時凝固在唇角邊的唾液也殘留著，用手一摳，碎了開去，四處散落。隨意梳洗後，她來到了客廳。茶几上還殘留著幾天前吃剩的食物，都已經死死黏在了餐具上。魚餒肉敗的光景中，原先美味的菜餚伴著散落的菸灰，紛紛褪去了色澤，發出一股霉味。她從冰箱拿出幾片麵包，草草塞著，又灌了一大口水，卻因喝得太急，嗆咳不斷，聲音帶著混響，在冷清的房間中迴盪。江楠定了定神，視線仍因長期貧血變得天旋地轉，不得不將身體狠狠摜往沙發，扎進了到處亂扔的衣服中。半躺緩神許久，才側身點上了一根菸。

桌上的手機彈出一條信息：寶貝在嗎？

舌尖上泛出菸草的苦味，江楠面無表情，用指尖撥弄著。

等著你呢！

公司臨時安排事情，今天不能出來見妳了。

沒意思，耍賴！

下次一定補償妳。

我不管，今天是平安夜，你不陪我過咱倆就分手吧……

別別！

上次不是告訴妳今晚不行了嗎？

江楠木著一張臉，繼續打字：行啦，知道，等下次！

寶貝，妳真好。平安夜快樂！（親吻）

同樂。

江楠放下手機，感到一陣噁心，連剛才吃進去的麵包都不斷往喉頭猛竄。她狠狠啜著菸屁股，隨手插進茶几上的鐵皮盒中，裡面殘留的菸灰被輕輕揚在了空氣中。

家中明明有著恩愛的妻子，這些男人為什麼還尋求婚外情呢？江楠百思不得其解。

媽媽過世後，她索性辭去了工作。除了吃喝拉撒，整天都躺在床上，茫然地送走每一天。江楠已經不想去那種朝九晚五的地方上班，酒吧也不會再去，就這麼渾渾噩噩，可捉襟見肘的經濟問題讓她倍感壓力。某天在網站上發現一個兼職，「月入過萬」的標題吸引著她的眼球。點開簡介後，才知道是時下最火爆的「忠誠度測試」。簡單來講，就是受雇於懷疑丈夫不忠的妻子們，通過「M」交友 APP 與那些男人在網上假裝親近，以「釣魚」的方式測試他們對原配的忠誠度。這份兼職不僅安全，時間還自由，顯然是當下最適合的工作。不過，江楠仍感到疑慮：真有這麼多人不信任自己的另一半嗎？

事實證明，男人都是一種貨色。無關文化水準，無關金錢地位，他們就是這樣經不起考驗。只要是男人，都躲不過色慾的誘惑。有的人不會馬上上鉤，只簡單聊天。不過她清楚，這並非就能證明其心志堅定。畢竟有很多人循規蹈矩了半輩子，第一次遇到這種情況自然不知所措，空有賊心卻沒賊膽。每次隔著螢幕，她都能感受到對方那種忐忑徘徊、彷徨糾結。不過只要稍加殷勤，那邊就會原形畢露。

男人，就是這樣一種奇怪的生物。他們上有老下有小，為這個家庭積極上進、力爭上游，早出晚歸地承擔了大部分壓力。他們好面子、講排場，在所有人面前自帶光環、樹立著好男人的人設。可一旦離開視線監督，就會偷偷釋放「本我」天性，樂此不疲地尋找豔遇機會。他們溫文爾雅、出口成章，將自己包裝得知書達理、幽默風趣，大費周章就只是為了染指女人的身體，追求射精那一瞬間的高潮。為了那短短幾秒的快感，他們很心急，在看到某個女人的照片那一刻就恨不得扒光衣服一探究竟。為了那短短幾秒的快感，他們又很耐心，會不斷與「獵物」進行曠日持久的周旋。套路之多、城府之深，令江楠感到咋舌。

那些男人為什麼都不會拒絕自己呢？背著妻子偷情難道不會愧疚嗎？不擔心有朝一日會被曝光嗎？而那些原本只是出於好奇才聯繫自己的原配們，又真的做好了接受真相的準備嗎？她不斷反思這份兼職。一個個表面看似美滿的家庭就這樣支離破碎，而自己，則是那個罪魁禍首。仔細想來，她這樣連小三都不如。不過，江楠清楚，錯的不是原配，更不是自己。既然有了妻子、組建了家庭，那麼就得對在婚禮上的海誓山盟負責。同時，既然原配委託了自己，說明他們的婚姻多半也是千瘡百孔，自然有權利知道睡在身旁的究竟是個什麼樣的人。真相固然醜陋，也比美妙的謊言來得實在。

思忖間，江楠將先前的聊天紀錄慢慢截圖，保存在手機中。她找出委託方的頭像，調出打包好的截圖發了過去。錢順利到帳的同時，那些謊言也宣告被徹底戳穿。

江楠輕輕舒出一口氣，打開了冰箱，發現裡面的東西在幾天前就已消耗殆盡，沒辦法，只能去外面買點吃的回來。再晚些，街上將是人山人海的情侶，沒必要給自己找不自在。她沒有脫睡褲，直接將寬鬆牛仔褲逕自攏到腰間，又從沙發上尋出一件羽絨服出了門。

就在門被關上的瞬間，桌上的手機同時被點亮，一條信息赫然彈出：

希望妳能幫我，拜託了！

⧗ ⧗ ⧗

鉛灰色的天空飄著小雨，為南方的冬天增添了一絲冰沁入骨的寒意。街上的行人縮著脖子，都將領子拉得高高的，在江楠眼中，滑稽得如同一隻只將半身陷入地中的土撥鼠。不過她清楚，自己也是同一副模樣，哪怕已將下巴深深埋下，寒風仍能透過廉價的毛衣空隙鑽入脖頸。時間來到下午三點，路人還稀稀落落的，但表情已洋溢起歡快的色彩。街道小巷，情侶們如膠似漆，一家三口其樂融融。江楠只顧埋著頭，將雙手揣在衣兜中，匆匆的步頻，讓投身人群的她顯得格格不入。

馬路上，來往的車輛穿著冰冷的鎧甲，有條不紊地穿梭著，不斷從排氣管中冒出白色的氣體。紅燈還未結束，兩排的行人就在還剩兩秒時便已默契地向前方傾斜。她通過人行道來到對面，沿著電扶梯徐徐上行，進入一家商場。金光閃閃的大廳內開著空調，循環播放著復古的聖誕樂曲，彷彿將空間一併渲染成了暖色調。商家為吸引顧客，在四處都擺上紅綠色的搭配，隨處都能見到一些卡通浮雕和機器模型，突顯著節日的氛圍。江楠興味索然，穿過駐足歡笑的人群，進入超市。今天人不算多，這個時間點大多都是中年大媽們在四處遊蕩，尋覓著促銷打折的商品。她同往常一樣，來到了位於超市深處的水產區。

此時，江楠死死盯著眼前的草魚，只見牠搖搖晃晃，間或翻起白肚喘息。不過每次好似不再動彈後，牠又擺動尾鰭，艱難地調整回來，似乎不甘心即將落定的命運。不過頂多半小時，就能在低價速售區域買到牠。自母親過世後，江楠已將這種等待過程當成了一種消遣。甚至有時，她可以盯著還生龍活虎的那條，就這樣對著玻璃發呆一整天。

「媽媽，我要金魚，我要金魚！」

觀賞魚區在離水產區不遠的地方，那裡有個小男孩正哭鬧著將魚缸裡的金魚往外撈。

「小佳聽話，上次來時不是買過嗎？」一名年輕的婦女勸說著，並將空氣中痛苦吞吐的金魚放回了水中。重獲新生的小生命連忙衝大片魚群撞去，可隔著一層難以逾越的尼龍網，顯然徒勞。

「我不管，我就要！」男孩提高了音調，迅速把剛「放生」的金魚再次撈起。可憐的金魚鼓著眼睛，在網中劇烈掙扎，一時水花四濺，驚得年輕婦女將耷拉在胸前的真絲圍巾撩起，倉皇躲開。

「乖，媽媽帶你去買玩具！」

「我不要！」男孩連哭帶鬧，「我就要這個，就要這個！」

男孩一把鼻涕一把淚，越哭越大聲，引得周圍人們紛紛側目，無奈之中，女人只得買下。在拿到裝有金魚的小盒子後，小男孩將它高高舉起，宣告著勝利，似乎這就是孩子們與這個世界的相處方式，只要哭，或表現得可憐，就能得到想要的東西。

回到眼前，那條魚沒能再從跌倒中爬起，跟著其他魚群隨波逐流。很快，圍著白色裙擋（圍裙）的水產管理員拿著抄子（撈魚網），將那副不再掙扎的軀殼打撈而起，裝進了保鮮塑膠袋。江楠剛想上前，電光火石間卻伸出一隻手，逕自拎起了那袋貼有低價標籤的塑膠袋，就要抽走。

「等下，這是……」

那名中年婦女用目光厲厲射了她一下，表情彷彿反問：有什麼問題嗎？還未來得及爭辯，她視線中就只留下了一個冷冷的背影。身後，剩下的草魚歡快地遊動。有幾隻凸著眼睛，抵著缸壁冷冷觀察這一切。

「要買魚嗎？」

毫無徵兆的招呼近在耳畔，卻來自遙遠的時光。是那一年，那束陽光，光裡的那個人，他的聲音穿過歲月，如煦日般照進了那片貧瘠的土壤。不過，光明只會讓那片土壤縱橫的溝壑顯得愈發立體。

「妳不是買魚嗎？」韓冰歪著腦袋，將手中拎著的草魚晃了晃，那本是他打算買的，「給妳！」

江楠低著頭，視線仍偷偷打量著。

第一眼，魚還是活魚現殺的價格。第二眼，那雙手依然白皙而骨節分明。她苦笑著搖了搖頭：「不用。」

塑膠袋慢慢垂下，韓冰的笑容還是那麼陽光，能無孔不入地劈開每一個少女的心房。

「真是妳啊，好久不見！」

「好久不見。」江楠回道。

「剛剛妳不是要買魚嗎？」

「突然不想吃了。」她拉緊了臃腫的羽絨服，擋住了裡面的睡衣，逃也似的想離開這裡。

「那個……」韓冰歪著腦袋，緊跟兩步攆了上來，俐落的秀髮無風自動，「有十年了吧！」

「什麼？」

「十多年沒見到了，該不會把我忘了吧！」

江楠淡淡一笑：「怎麼可能。」

「我就說，咱們還曾是同桌呢！」

「是啊。」

「這些年同學聚會都沒看到妳，還好嗎？」

江楠沒有回答，這讓韓冰忽然意識到了什麼，肩膀和剛才那股生氣同時沉了下去：「呃，抱歉啊！去年才聽到妳母親的事，都沒能來為老人家……」

「這有什麼？」江楠淡淡地看向韓冰，視線卻很快移開了，「你和兮茹結婚時我不也沒去嘛，份子錢（結婚紅包）啥的咱也算兩清了！」

韓冰微微一愣：「啊，我不是這個意思……」

「開玩笑的，別介意！」江楠用胳膊肘輕輕頂了頂韓冰，卻只到他的腰腹，隔著厚厚的外套，都能感覺那裡精健有力，「今天怎麼出來買菜了，沒和兮茹去浪漫一下？」

「哦哦，她最近身子有些不好……」韓冰遲疑了一下，繼續說著，「難得今天週末，就乾脆在家開火，出來買點東西回去給她補補。」

江楠一聽就明白了大概：「有了？」

「嗯。」

「幾個月啦？」

「已經兩百五十八天了……」

江楠暗暗詫異，這個男生居然連天數都記得這麼精準。

「恭喜你啊，準爸爸！」江楠極力清除著不必要的雜念，她知道自己在嫉妒，「這麼清楚，看來當年數學沒白學！」

韓冰撓了撓頭，顯得有些不好意思：「謝謝。」

「前三個月和後三個月小心點是對的，不過也別這麼緊張，多陪陪她吧！」

韓冰微微頷首。話音間，兩人已經結完帳，他們離開商場，混入一對對情侶中，肩並肩走著。冷風在頭頂上呼嘯盤旋，衝已經光禿的樹杈無端發洩。臨近傍晚，氣溫飛快下降，但江楠心中卻蘊出一股暖意。一路上，兩人天南地北地聊著，她向韓冰傳授如何做菜、分享超市哪天有活動，也聽韓冰聊著平日的消遣……她發現好久都沒有和人這樣聊了，好希望能就這樣一直聊下去。

「原來妳也在這個方向，我居然一直都不知道。」韓冰指著江楠家方向的那條街道，吐出的氣息瞬間被冷空氣凝華，化作白霧，「我和兮茹就住在這條街過去的那一頭，靠近地鐵那邊。」

「真近啊！」

「對了，剛妳說把之前的工作辭了，現在在哪裡上班呢？」

「呃……」江楠被拉回現實，「自由職業。」

「那挺好啊，時間自由。」

「是嗎？」江楠感覺頗為諷刺。

「當然了，像我可慘……在銀行成天沒日沒夜地加班，已經好久沒像今天這樣來超市蹓躂了。」

「一如既往的生活不好嗎？穩定的生活不好嗎？」江楠將視線望向遠方。

韓冰笑了笑，沒接話。良久，他又再次開口：「上次同學聚會時有提到妳……有什麼事得通知一聲，等妳的好消息呢！」

「這種事情得看緣分吧！」江楠回應，「都什麼年代了，女生不結婚很正常吧！」

「哈哈，這倒是！」

「而且現在男人也沒幾個好的……」

「啊？」韓冰投來疑惑的目光。她頓覺失言，敷衍著笑笑，吞了聲。

街上的行人漸次多了起來。那些與自己年紀相仿的女人們紛紛摟著另一半有說有笑，每個人都在閃閃發光。視線中，一群不到二十歲的少女錯身而過，她們化著精緻的眼妝，身著誇張的漢服，如同在Cosplay國漫中的人物。江楠欣賞不來這種潮流，但看著她們一次又一次熱烈地哄笑，也不禁想像起自己當年還是這個年紀時的樣子。

「快看！」

在韓冰的示意下，她衝前方望去。在兩人面前，寬敞的人行街道上矗立著一顆巨大的人工聖誕樹，近二十來米高的樹身纏上了奪目的鐳射燈帶（ＬＥＤ燈帶），在禮盒映襯下，琳琅滿目，吸引著行人們駐足。

隨著咔嚓一聲，韓冰將手機拿近查看，燦然一笑。歲月雖在他的下巴周圍生出了青灰色的鬍渣，但那個神態，分明還是當年那個大男生摸樣。

「幫妳拍一張嗎？」韓冰用修長的指關節向她示意。

「我又不是基督徒……」意識到有些較真，江楠又搖了搖頭，「都是小女生才喜歡的東西了。」

「不拍嗎？」韓冰表示遺憾，「兮茹她最喜歡聖誕樹了，我得傳給她看看。」

喜歡一個人，莫過於總想將最美好的事物第一時間送到那個人眼前吧！她輕輕望著那張埋下的側臉，分別這麼久，仍能感受出他埋在心中的位置。

這眼、這手，其實她已悄悄觀察了一路。

十年前的她，一定希望這條街永遠也走不到盡頭，現在卻明白何時該放下不屬於自己的東西。她微微衝他點了點頭：「我家就從這邊過馬路，再見！」

「那個……」韓冰連忙將頭抬起，視線中就只剩下一個離去的背影，越來越小，在斑馬線上筆直走遠，任由急駛的車輛從她身邊飛馳錯過。

他默默望著，嘴唇微微翕動，似有話如鯁在喉，終究沒能講出。

⧗ ⧗ ⧗

冬季日短，暮靄色濃。六點還不到，社區門口的天空就已經蒙上了一層陰影，感覺就要垮下來。江楠縮著身子，在蜿蜒的石板路上靜靜漫步。來到鞦韆位置時，看到有群孩子圍成一圈，七嘴八舌地大聲吵嚷。

「死貓，快起來！」

「小心點，貓急了會咬人的。」

「怕什麼，就拿棍子捅牠，牠又不是狗，狗急才跳牆呢！」

江楠慢慢靠近，竟然發現「小花」正被一群孩子圍著欺負。自母親去世後，大半個月她都沒有出門，後來想起牠時，卻再也沒能尋到。可憐的小花早已不是原來那隻靈動的小貓，年老體衰的牠蜷縮在牆角，對陌生的世界無助悲鳴。

「滾開！」江楠箭步上前，大聲呵斥，「老師沒告訴你們要愛護小動物嗎？」孩子們一哄而散，紛紛跑開。江楠慢慢靠近，卻讓牠叫得更厲害了。只見小花將顫抖的軀幹伏得低低的，瞳孔拉成一條線，充滿著敵意。

「小花，是我……」江楠將身子緩緩貓低，和牠的視線對上，用柔和的瞳光輕輕安撫，「沒事了，沒事了！」

慢慢察覺到這個人是誰後，牠的吼叫聲才漸次平息，放下戒備，雙眼灰暗充滿疲憊。隨著年紀的增長，小花表面的毛色早已褪去了曾經的光澤，稀稀落落地豎立著，背上還有幾處禿了一片，裸露的肌膚微微發紅，生出泛白的瘡疤。

江楠小心將牠抱起，來回撫摸。再次確認熟悉的溫度與體味後，小花將腦袋癱軟著搭在她身上來回磨蹭，不時輕柔叫喚。

「你怎麼就這麼可憐呢……」江楠看著懷中孱弱的生命，又望了望漆黑的四周，「餓了吧，跟我回家好嗎？」

小花輕輕叫喚。

在滿牆小廣告的包圍中，門被緩緩打開。江楠將小花輕輕放下，打開了保鮮塑膠袋，卻忽然直拍腦袋。

「哎！忘了今天魚沒買到……」

江楠看著小花，牠根本沒有聽懂，繼續用期待的眼神望著她，不時輕輕晃動身子。

「知道啦，知道啦！」江楠嗲著聲音，連忙在口袋裡一通翻找，拿出了一根火腿腸，「歡迎來到我家。」

唯恐江楠會變卦一般，火腿腸甫一剝開，就被小花一口搶去。只見牠叼著食物在客廳來回轉悠，直到貓進茶几下才放心伏下，啃食起來。

「別怕小花，你安全了，今天起這裡也就是你的家了。」

小花沒有抬頭，繼續狼吞虎嚥。江楠發覺冰冷的家裡終於有了一絲生氣。

「這樣我也不會是一個人了……還以為有一天我會一個人就這樣死在家裡……」江楠聲音不自覺變得低沉，「要是有天我真的就這樣死在了你旁邊……別吃我好嗎？」

江楠在書上看到過，有些貓會將孤獨死在家中的主人當做食物。她不知這是不是一句玩笑話。

喵——

小花倏然抬起了腦袋，彷彿在回答。

「那咱們一言為定！」

這時茶几上的手機在振動，訊息彈了出來，閃爍出一張巨大的聖誕樹照片。來自韓冰的消息寫著：

這張照片送給妳，願諸事順遂。

只一眼，江楠視線就杵在了那個方向，呆呆望著來自另一個世界的東西。窗外有風吹入，帶著外面歡快的氣息，夾雜著繽紛的色彩，輕輕撫摸著她的鬢髮。

江楠小心拿起手機，將圖片放大，凝目望了許久，又遞到小花面前，輕輕揚了揚。

「瞧，其實還挺美的。」

☼第十六章

孕育生命是個奇妙的過程，哪怕無法親身經歷，身為旁觀者也深有體會，肖默便是如此。不知道是從辦公室的同事紛紛向他道賀那天起，還是從原先生龍活虎的妻子變得小心翼翼開始，亦或來自她一天比一天厲害的孕吐……一切漸次而來，悄悄改變著兩人的生活。

孕吐反應直到三個月後才漸漸減少，標誌著第一關順利闖過。而從孕育到分娩，有著大大小小十來關。從唐篩（唐氏症篩檢）到大排畸（高層次超音波），從四維（4D超音波）到胎心監測，每一步都是身體與精神上的考驗。

有次，肖默還在上班。突然接到謝雨的電話，稱下面又有流血的跡象。他當時腦子嗡嗡直響，連忙帶著妻子前往醫院。焦急等待後，纏著醫生問東問西，所幸虛驚一場。曾經覺得女人懷孕不過就是肚子慢慢變大的過程，身邊的同事朋友，哪家的孩子不是一個個有驚無險地順利誕下，哪個孩子又不是健健康康的。可真當這種事情落到自己頭上時，內心才會真切感受到對生命的敬畏。這段時間，夫妻兩人的話題也總是圍繞著胎兒今天的表現、身體狀況等不斷交流。除了小心翼翼，也開始憧憬孩子是男是女。是兒子，就讓他去打球運動，成為一個陽光大男生；是女兒，就讓她學跳舞、彈鋼琴，打扮得像公主一樣。這個生命，彷彿成為了夫妻兩人深入溝通的橋梁，讓平淡的生活有了更多的話題與默契。而對肖默來說，他深深感到一個生命從無到有是多麼奇妙。一切從一個小小的受精卵慢慢成形，生成胎囊，發出胎芽，長出眼睛、鼻子、手和腳……每一細節都恰到好處，每個過程都不可逆轉，沒有一點點偏差。大自然就是這樣不可思議，而人類就顯得渺小太多。那些勾心鬥角、那些煩惱瑣事、那些金錢名利都變得微不足道。他只希望這個孩子手腳健全、身體健康，希望謝雨能平安順利誕下這個生命。

產房門外，肖默如此祈禱著。

因為有規定家屬不能進去，肖默只能通過手機與謝雨進行溝通。吊著催產素，疼痛持續了整整一天，謝雨的宮口才開了兩指，相信身體早已筋疲力盡。無論肖默如何央求，謝雨就是不同意剖腹生產，表示順產更有利於胎兒迅速建立正常呼吸，並稱還能繼續堅持。可就這時，兩人對話戛然而止，無論肖默如何詢問最新情況，對面不再有回答。雖然馬上得知是謝雨手機沒電，但一個人等待的焦慮仍有增無減。一個小時、兩個小時、三個小時……同產房的好幾個都已經被陸續推出，就剩下謝雨一個人孤軍奮戰。忽然，一個可怕的念頭陡然升起。記得一年多前，頭一個孩子沒能保住，肖默就認為是老天帶給自己的懲罰，夫妻二人甚至做好了再也懷不上的打算。為此，當他得知「奇蹟」發生後的這近一年，再也沒有聯繫曲思靜……可此時，內心那股不安仍越發強烈起來。

保大人還是保小孩……這個無厘頭的問題在腦海一閃而過。

此時，頭頂的廣播聲響了起來。一片嘈雜中，他好像聽到了自己的名字。

「請家屬，肖默，前往三號溝通室……請家屬，肖默，前往三號溝通室……」

左前方，手術室邊上。一間間溝通室緊閉著門扉，向遠方延伸。他慢慢走去，打開了第三號溝通室的門扉。眼前，是一堵厚厚的隔音玻璃，一名護士在另一頭，戴著口罩的嘴唇抵著玻璃上的麥克風緩緩宣布：「產婦謝雨，於傍晚七點三十二分順產下一名女嬰，身長五十厘米（公分），體重……」

驀然間，護士手中那塊淡藍色襁褓微微動了動。側面看去，勉強瞥到了那張泛著微微紫紅色的小臉。

「家屬請到外面等，產婦和胎兒將馬上送回病房。」流程化的過場結束，護士就要轉身離開。

「等下！」肖默情不自禁喊出了聲。

「還有事？」護士望著他。

肖默的口氣帶著央求。

「我就想再看看她。」

第十七章

江楠滿腦子都是朋友圈中那個小寶寶的樣子。

她有一雙靈動的眼睛，櫻桃般鮮紅的嘴唇，特別是那高高的鼻梁，像極了韓冰。看著看著，江楠也有些羨慕，夢想中的寶寶就應該是這個樣子。

要是今後自己的寶寶也這般可愛該多好……

這個幻想約莫維持了五秒，很快，她刪掉了正要發送的評論，連點讚也一併取消。

環顧身邊，諸如周薇之類的朋友紛紛有了家庭，有了孩子，生活逐漸步入正軌。只有自己，年近三十仍孤身一人，連異性朋友幾乎都沒有。那個寶寶在毫無徵兆間激起了江楠的母愛，可遺憾的是，她已對任何男人都不抱期待。如果要有，江楠寧願成為一個單親媽媽。為此她曾用這兩年攢下的錢去往國外，打算通過體外方式要上一個寶寶。可鑒於這三十年來的親身經歷，她又無法接受自己的孩子成長在一個父愛缺失的家庭中。手術做到一半，江楠便反悔了。那些剛剛從體內取出、還未成為獨立生命體的卵子細胞，被她永遠有償地留在了大洋彼岸……

露天咖啡吧前，江楠一身棕色格紋呢大衣，悠然坐在深色的藤編椅上。由於對邊那張板凳還是空著的，她百無聊賴，側身望向廣場一隅出神。蔚藍晴空下，鴿群在那邊自在地啄取地上的食物，周圍不時有行人經過，雙方互不打擾。

上個月，江楠接到一份委託。和先前類似，對方懷疑自己老公不忠，找到江楠請求幫忙。但不一樣的是，這次委託人並不要求她進行過多曖昧聊天，只將他約出來見面即可，酬勞也較一般委託翻了三倍。剛開始江楠並沒有答應，畢竟見面與網上曖昧完全是兩碼事，後者只是基於虛擬，除了男人會想入非非，根本不會對她構成任何危險。見面卻截然不同，除了暴露自己，人身安全也將受到一定威脅。所以迄今為止，江楠從未與調查對象有過面對面接觸。可那天她拒絕後，對方又將酬勞提高到了五倍，表示只要在南方廣場邊上的露天咖啡吧見一面即可，並不需要有任何深入發展。只要見面，當天即可兌現所有酬勞。

或許是妻子心意已決，準備在離婚前拿到丈夫出軌的證據，以期在法庭上得到有利於自己的判決。江楠這樣猜測著。雖然不厚道，但在金錢面前，她還是答應了。意外的是，對方居然在第一次聊天時，就直接要求了見面。

「原來你已經到了。」

渾厚的嗓音打斷了江楠的動作，她不得不將已挨到唇邊的拿鐵慢慢移開，輕輕放在了玻璃茶几上。咖啡表面，牛奶勾勒出的圖案仍保持著對稱的心形。

眼前那個男人約莫五十來歲，穿著一件帶鉚釘的機車皮衣，內搭的襯衣隱隱透出一抹鮮亮的色彩。和當年一樣，他仍留著標誌性的長髮，濃濃眉毛下雖顯出一片陰影，卻能感受到那雙直直瞪著自己的眼睛。

「你是……」江楠她認得，「當年那個大叔？」

中年男人欣慰著輕輕點頭：「十多年了！」

「你……」江楠臉色不變，「到底怎麼回事？」

「對不起，實在不知道該以怎樣的方式與妳見面，請原諒我的唐突。」

江楠愣愣望著他，用眼神表達出自己的疑惑，與之同時，她內心陡升起一種被人監視後的難堪與不滿。

「這些年我一直在北方工作生活，後來才得知妳母親的事。」男人神色帶著哀傷，「今年回來後，偶然得知妳在兼職做……這樣的事，所以才——」

「這是我的事，現在挺好的。」江楠低著頭，淡然回答，以上男人提及的令她難以啟齒。

男人輕輕點頭，轉頭示意服務員。

「還要點什麼，都算我的。」

江楠沒有搭腔，心裡不斷打鼓，面對這個暌違已久的故人，內心五味雜陳，更覺得有一絲諷刺。

她小聲嘀咕：「你為什麼要來找我？」

「我希望能幫助妳！」

幫助……

江楠從未發現這個詞能如此滑稽。她繼續低著頭，發出一聲輕輕的冷笑。

男人並未察覺她的異樣，繼續說道：「這些年，我知道發生了太多事。聽說妳在酒吧兼職，還被人當做小……不過我想告訴妳，這些都過去了不是嗎？」

「過去了……過去了嗎？」江楠緩緩將頭抬起，「那你能讓我媽媽活過來嗎？」

男人詫異地盯著江楠，沒有開口。

「媽媽已經不在了，談這些還有意義嗎？」

「我知道一切已經無法挽回，但妳的人生道路還很長，可以重新開始。」

「重新開始？」江楠側著臉，翹起修長的雙腿，熟稔地點上一根香菸，「我的人生還需要開始什麼，現在不是挺好的嗎？」

男人的表情在繚繞的煙霧中放棄了爭辯，語氣變得鄭重其事：「江楠，能別再做這種事嗎？我可以幫妳重新介紹工作！」

「謝謝你的好意。」江楠目光凌厲地射向他，煙絲在唇間徐徐濾出，「但我不需要。」

「你還打算繼續這樣下去？」

「我怎樣過是我自己的事，不用別人操心。」江楠保持著禮貌的微笑，語氣不鹹不淡。她將身子靠往椅背，眼睛逃避開去，望向廣場那頭的風景。

男人嘆了一口氣：「我知道這是妳自己的生活，我無權干涉，但我也知道，這十多年妳過得並不好。」

滾燙的菸灰散落在手背，心中卻彷彿被火舌舔了一下。

「誰不希望過美好的生活，但又不是我能控制的……」江楠的笑容仍顯得自然，「也不是你可以控制的。」

「江楠……」男人的話語中帶著祈求，「求妳了，別做這種事了好嗎？」

「這不關你的事！」江楠重新將視線聚焦在男人身上，「還有，你到底是誰？」

男人輕輕吐了口氣：「我是妳爸爸的朋友。」

「我沒有爸爸！」

「可妳知道是有的……」男人不再繞圈子，「還記得上一次我們的約定嗎？」

「記得。」

「妳還想知道關於妳父親的事嗎？」

「我已經知道了。」

「妳知道的不是真正的真相，否則妳也不會——」

「這些對我已經不重要了。」

男人吃驚地望著江楠，兩人的眼神第一次產生了交匯，那已不再是十年前那雙天真好奇的眼眸了。

「這些年我知道妳過得很艱難，可是——」

「可是什麼，你很同情是嗎？」江楠有些憤懣，纖細的手腕在玻璃茶几上敲出了聲響，「好，那我現在告訴你，你說對了，這些年我過得確實糟透了，但有人站出來幫過我嗎？事到如今，我寧願這個人從開始到現在，永遠也別出現！」

男人想說些什麼，又無奈搖頭：「我明白，妳說的這些我都明白……」

「你不明白！」江楠指尖的香菸不慎掉落，在地板上激出小小的火花，「你不是我，根本不會明白這些年我經歷了什麼。你知道我平時抽什麼菸嗎？知道我現在早餐吃什麼嗎？我曾經走過什麼路、摔過多少次跟頭，你又知道嗎？」她無力地搖頭，對自己突然的反應感到可笑，試著收斂，「在你們眼裡我算什麼？你們就像對待一隻流浪貓那樣，除了說句好可憐、花點錢買根火腿腸之外又能做什麼呢？但凡經歷過這些，就不會說出什麼讓我換個工作之類的話，更不會用一副道貌岸然的嘴臉教訓我！」

「妳誤會我意思了，我並沒有覺得這份工作有什麼。」男人低著頭，「只是——」

「只是什麼，你倒是說啊！」江楠越發感到不耐。

「沒，沒什麼……」男人將打開的嘴唇緊緊繃住，喉結來回滾動，醞釀許久後緩緩開口，「還記得嗎？當年父親為妳拴上那條紅繩子時……」

「你住口！」江楠不自主地用右手掌蓋在了左手腕間，袖口遮掩處，那條繩子依然躺在那裡，「你幹嘛講這些？我不要聽！」

「聽我說——」

「我不聽！」江楠吼出了聲，感到心中那股力量正隱隱撕扯，「為什麼你要突然跑來跟我說這些？求你別管我行嗎？真的沒關係！我媽已經死了，這世上再也不會有人因為我難過傷心了。就算我馬上死去，又有誰會在意？就讓我安靜地自生自滅行嗎?!」

「相信我，一定還有人在意，妳不能再這樣下去。」

「你以為我做這種工作就只是為了錢嗎？告訴你，我討厭這個世界！我恨你，我恨所有人，我恨那些有著完整家庭的人，我恨那些比我過得幸福的人！」

男人低下頭，眉毛擰成一條線：「我知道，我都知道——」

「你不知道！你怎麼可能會知道？你已經結婚了吧？你已經有孩子了吧？你們這些過得一帆風順的人有什麼資格對從小就被世界遺棄的人指指點點？」

「對不起。」男人攥著拳頭，渾身顫抖，顯然已被逼到了極限，「求你，別說了……別說了……」

「我要說，我偏要說！你說得對，這種工作確實不光彩，但你知道為什麼我要掙這種錢嗎？那是因為你們男人沒幾個是好東西，活該這樣！我恨不得將他們全部拆散，這就是報應！他們越痛苦，我反而越——」

話音被清脆的聲響打斷，隱隱麻痺的左臉頰讓江楠意識到，自己被面前的男人摑了一巴掌。一股惡氣油然而生，但此時她望著那個男人，內心更多的是詫異與疑惑。

「對不起，江楠，對不起……」男人抱歉地低下頭，深埋在眼窩中的眼睛已變得溼潤，「妳不能說這樣的話……不能！」他牙齒打著顫，一字一句，「因為妳父親的死並不是意外……他是自殺的……就是因為這個……自殺的！」

四周的聲音停止了呼吸，只有耳畔發出轟隆隆的聲響。

「你剛剛，說什麼……」江楠怔住了，渙散的瞳孔倏然聚焦，死死逼著他。

「對不起，對不起，我們一直在欺騙……不！是隱瞞……怕妳無法接受……真的對不起……」男人眼角泛紅，聲音早已沙啞，「是的，妳父親在很久以前就自殺了！」

「自殺的，自殺……」

「但是，妳不能繼續做這樣的工作，更不能說剛才那樣的話，因為當年……」

一字一句，似從深海沉寂的世界中浮現而出，迅速充斥了她的腦海。惝怳中，各種聲音夾雜而來，吧檯的服務員不小心摔碎了杯子，遠處男女在放肆大笑，街道車輛行來駛往……所有聲音不斷交織堆積，混合在一起，隱隱在腦海悶聲響徹。

為什麼會是這樣？為什麼他要這樣？為什麼我做了這樣的事？

心臟在暴動，遲遲無法收束。如火山爆發，如冰封原野，所有的感受汩汩而出，情緒留在原地，身體卻四處奔走。

她崩潰了。其實，她知道遲早會有崩潰這一天……

廣場的鴿子被忽來的身影驅散。

街道的行人被莽撞的軀殼撞開。

那個女人漫無目的，驚慌失措。她翻過護欄，來到馬路中央，輕飄飄的身子打著圈，不知何去何從。

一個聲音緊隨身後，終於傳入被遮蔽的耳膜。

「江楠！危險！」

但顯然來不及了，一輛小型貨車鳴著喇叭，衝她呼嘯而來。

眨眼間天旋地轉，身體飄飄飛起，無從依託，直到所有聲音變得高遠深邃。隨後，視線和瀝青路面形成了一道平行，衝遠方延伸開去。

咚咚——**咚咚**——

世界彷彿被人按下了靜音鍵，只聽到心臟微弱跳動的聲音。

咚咚——**咚咚**——

第十八章

咚咚——咚咚——

突如其來的壓抑感讓肖默呼吸困難，頭暈耳鳴，整個世界似乎只聽到自己心臟跳動的聲音。

已經有了孩子，一切就到此打住吧……

謝雨生產後，肖默曾決定重新做回一名本分的丈夫。可事與願違，他還是按捺不住重新聯繫曲思靜的衝動。特別是白天離開妻女後回到單位，藏在深處的誘惑繼續撩撥著他。此消彼長，一家三口在一起的幸福憧憬很快便失去了魔力，甚至成為了一種束縛。他放棄了掙扎，一次次向慾望妥協。偷偷幽會帶來的刺激如同當年的自慰行為，一旦脫韁而出，根本無法遏制，而先前定下的剎車線只是安慰自己的藉口罷了。只要懷揣著還沒有與曲思靜發生實質性關係，就能讓他暫且拋開負罪感，忘情迎接每一場未知的旅程。

不過，女兒的到來還是將原先的生活撕扯得七零八落。家裡的一切事無巨細，從孩子喝奶到尿布更換，什麼都得親力親為。比起這些，晚上的哭鬧更讓他感到力不從心。最近已經連續三天都沒怎麼睡好，還不斷做著噩夢，在恐懼中突然驚醒，清醒後又如何都回溯不到夢裡發生了什麼。特別是昨晚，又做了相同的噩夢，雖歷歷如真，卻回憶不起片鱗半爪。

喧鬧聲再次傳入耳畔。肖默搖了搖頭，回到現實中來。

自己為什麼會在這裡呢？

這是間橫窄縱長的熱飲小店，自己正坐在最裡面的卡座上。他背緊貼牆壁，面向出入口，視線中，整間店面一覽無餘。遠處靠右是一溜吧檯，幾個小圓凳一字排開，在侷促的過道上緊緊貼著，而正前方……

好像……約了她在這裡見面……

目光慢慢聚焦回來，眼前這個女人有著一雙核桃狀的大眼睛和清澈的瞳仁。她鼻子小巧挺直，薄薄的嘴唇泛著淡淡的光澤，一頭俐落的短髮顯得成熟而知性。不知為何，還是那張臉，可今天在視網膜中生成的五官卻給肖默一種異樣的感覺，彷彿面前的那個人不是曲思靜，而是另一個人。或許是許久未見，亦或是她現在那直勾勾的眼神正死死打在自己臉上，令他不知所措。肖默察覺這忽顯陌生的目光竟然那麼熟悉，似曾相識……

「怎麼？我臉上有東西嗎？」肖默打著趣，端正的臉上掛著沉穩的微笑。

「你真年輕。」

肖默會心一笑：「妳知道的，也三十出頭了。」

「其實，你早就結婚了吧！」

「啊？」他毫無準備地瞪大了眼睛，「妳……上次不是跟妳解釋過嗎？」

面對肖默的回答，她平靜如水，眼睛裡也無風雨也無晴。

「都三十了，家裡人難道就沒催過你嗎？」

肖默向來反感她糾纏這個問題，不過很快冷靜下來。

「男人三十還很年輕吧，不是嗎？」

肖默故作幽默地看向她，可曲思靜只深深注視著他，並沒有接話，那眼神近在眼前卻讓人感到遙遠。

見氣氛有些尷尬，肖默索性補充著：「工作太忙了，哪有時間談朋友，男人就該先掙錢，才能為今後的另一半提供保障嘛！」

在他看來，這樣的回答往往能在異性面前加分，沒有哪個女人不會對既努力工作且仍「單身」的自己保持好感。言畢，肖默自信地凝視著曲思靜，他向來希望得到異性充滿贊許地回應。

「這樣啊……」曲思靜的語氣冷冷冰冰，如同室外寂寥的冬天。

「瞧我們，都光顧著說話了，要點些什麼？」肖默繼續露著紳士般的微笑，將單子遞了過去，嘗試化解尷尬。

「不用。」單子被推回。

「哎，兩杯原味奶茶行嗎？」肖默殷勤招呼。

「不……」曲思靜遲疑片刻，「給我來包菸吧！」

「菸？」

肖默詫異地望向她，察覺到了異常。他雖然從不討厭女人抽菸，可如果當有異性在眼前吞雲吐霧時，還是會感到一絲風塵。更重要的是，印象裡曲思靜從來就不抽菸。

「感覺妳的情緒有些低落呢，遇到煩心事了嗎？」肖默轉換著話題。

曲思靜將店員遞來的香菸拆封，銜起一根，配合著手埋頭點燃，動作相當嫻熟。

「真的還沒結婚嗎？」她冷冷的語氣如同淅瀝的小雨，不斷飄打在肖默心中。一滴一滴，牽動著每一根神經末梢，令他感到毛孔逐漸收縮。

「都告訴妳我還沒結婚吶！」肖默的語氣出現了一絲慌亂，「結婚了那我們算什麼，能像現在這樣嗎？」

「那就抱抱我吧！」

「啊？」肖默以為耳朵聽錯了，不過他也清楚，女人都是看起來冷冷冰冰，其實半推半就，「現在？」

曲思靜落寞地低下頭，幾縷髮絲輕輕散落下來，遮住了臉頰。

「我只是想被擁抱……」

「其實不用這麼著急。」肖默壞笑地看著她，希望今天能有更多「節目」，「我們一會兒就可以找個安靜的地方，慢慢——」

「你是指開房嗎？」

很顯然，這就是肖默的意圖，但從她口中吐出的這句話雖是同一個意思，聽起來卻頗不舒服，男歡女愛的情事瞬間變成了一樁見不得人的勾當。

「這……」肖默有些不滿，卻心虛收斂著，「我知道有一年都沒聯繫妳了，那是因為——」

「你妻子一定很漂亮吧！」她倏地開口，語氣婉轉而哀傷，「真想見見她……」

「你什麼意思？」肖默瞪著雙眼，有些惱怒，但同時，他發覺事態正朝著最擔心的方向發展。

「我認為，人與人之間得坦誠……我和你應該如此，你和妻子也應當如此。」一字一句，來自曲思靜的視線，彷彿代替著某人對他進行笞杖。

肖默目光本能地朝曲思靜身後掃視，並沒有抓住任何可疑的人，又調整回她身上。他咽著口水，喉嚨仍舊乾澀：「妳在說什麼？我聽不懂，妳……到底……」

曲思靜毫無生氣，木訥地坐著，面對不安的肖默，她呆滯的眼神空洞無物，視線又似乎將他掠過，鑿穿牆壁，探向了不知名的深處。他望著她，她望著他，四目相對的瞳孔相距不過半米，卻彷彿隔了數萬光年。

片刻，那個女人才緩緩開口：「想聽個故事嗎？」

「故事……什麼故事？」

「有個叫江楠的女孩，她從小就沒有父親……」

「妳的小說嗎？」肖默想起上次曲思靜有跟他提過，可這時他已經沒了任何心情，「今天我還有些事，要不先——」

「小時候，江楠只能與媽媽相依為命。條件雖艱苦，母女兩人的小日子還算溫馨。」曲思靜沒有理會，兀自喃喃，「在這個單親家庭中媽媽一直努力賺錢，希望能通過自己的勤勞，為這個家創造更好的條件。不過從小到大，十多年過去，她倆還是只能蝸居在破舊的小房子裡。隨著江楠一天天長大，她開始好奇父親的身分，可無論如何追問，母親始終不願透漏這個祕密。慢慢的，江楠習慣了這樣的生活。哪怕她什麼都沒有，至少還有媽媽陪在身邊。」

肖默沒有說話，默默聽著，此刻他的大腦正飛速運轉，嘗試釐清這一切的來龍去脈。

「每個女生，都有個公主夢……」曲思靜嘆著氣，眼球向上翻動，眼白露出一股不符合這個年紀的天真，「她們都希望被男生保護、被朋友簇擁。江楠沒這麼貪心，只希望喜歡的人能對自己有那麼一丁點好感就夠了。遺憾的是，那個男生卻和另外一個女生走到一起。更可悲的是，連悉心準備的情書都被全班拿來嘲笑。挺倒楣吧！」

肖默聽了半天，還是一頭霧水，只能配合著點點頭，苦笑不斷。

「這有什麼呢？感情的事就是你情我願，沒有誰必須和誰在一起的道理。那時江楠才十幾歲，但她懂得放下，懂得放棄那些本就不屬於自己的東西。可不幸的是……」曲思靜五官驟然變得猙獰，「她在那一年遭到了強暴！」

肖默額頭的青筋微微跳動，呼吸一緊。

「是的，被強暴了。要是那天學校不安排晚自習，要是那天地鐵站正常運營，要是那個喜歡的男生能送她回家，或者要是……」曲思靜深吸了口氣，將裸露的菸灰輕輕抖進了面前的杯子中，帶著餘溫，灰燼在杯中與水接觸，發出滋滋聲，「要是能像別人家那樣，晚上有爸爸來接她，或許也不會發生這樣的事。」

「這個女生……是妳朋友嗎？」肖默慢慢冷靜下來，他一手支頤，繞著圈子試探。

曲思靜沒有回答，繼續著：「面對不幸，她始終想起母親告訴過自己的那句話，生活總得在樂觀中繼續，否則困難就會張牙舞爪地耀武揚威。又或許，艱難的人生能加速一個人的成長，所以她仍對未來保持希望。畢竟前二十年都這樣了，還能更差勁嗎？」驀然間，她嘴角露出了自嘲般的笑容，「可是，命運就是這樣愛開玩笑。一次偶然的遭遇，母女兩人因為父親的事大吵一架，她說出了這輩子最後悔的一句話。就是這句話，讓奪門而出的母親遭遇了車禍。」

肖默倒吸一口涼氣。雖然只是個故事，可經由曲思靜的敘述，一切都顯得那麼真切。他緊接著追問：「然後呢？她媽媽還好嗎？」

「死了。」曲思靜抿著嘴唇，緩緩說道，「從此，江楠失去了這世界上唯一的親人。她認命了，或許一個從小就沒有父親的孩子，注定會被這個社會貼上標籤，所有的美好都與她無關，只配擁有這樣的人生。有時，她會在超市的水產區不斷思考，思考人這輩子到底為了什麼？縱然哪天忽然消失，也不會有人因此感到難過，什麼也不會改變。明天太陽照常升起，地球也不會停轉……那麼，人存在的意義到底是什麼？又是什麼，讓她堅持爬起，活到了現在？江楠不斷思考，直到兩年後的今天……」

兩年後的今天？

肖默緊緊盯著曲思靜，眼神在追問接下來的答案。

「那天，江楠遇到了一個年長二十多歲的男人，告訴了她關於父親的一切。」

「那個男人，就是她的親生父親嗎？」肖默根據年齡推測。

「不是。」曲思靜表示遺憾，「父親在她滿周歲那年就死了，是自殺的！」

「什麼？自……為什麼？」故事的發展令肖默意外。

「因為……」話音間，曲思靜突然將視線死死鎖住肖默，「還在她沒有出生前，她父親就一直背著母親出軌！」

頭上那把劍第一次清晰地出現，肖默感到全身汗毛都立了起來。

「對，婚內出軌，就這麼一個簡單的原因。」曲思靜深深吸了一口氣，神色充滿哀傷，「在江楠還沒出生前，父親就和某個女人保持著不正當的關係。他自認為可以不破壞家庭，又能和其他女人長期在一起。可天下哪有白吃的午餐，拙劣的謊言慢慢被那個女人識破。得知自己成了小三，她佯裝糊塗，暗中掌握了父親的身分，企圖介入他的生活。她揚言將這些醜事公諸於眾，甚至寫進小說讓他身敗名裂，以此要脅父親和母親離婚。父親知道自己有錯在先，只得不斷忍讓、苦苦哀求。可這個小三似乎抓住了父親性格中的軟肋，變本加厲地逼迫他。終於，父親被折磨得筋疲力盡，在女兒剛滿周歲那月，一念之差，從公司天臺上一躍而下！」

跳樓……跳樓……

灰色的天空……那棟高聳入雲的大樓……樓下來往的車輛……刺骨的冷風猶在身邊……昨晚那個夢……就是昨晚那個夢……那個夢是真的！

冷汗在肖默背後蜿蜒，他頭皮發麻，驚恐地望著眼前這個陌生的女人。

「妳……不是，妳不是曲思靜！妳到底是誰?!」

「那個告知我真相的大叔，叫侯得星，是我父親曾經最好的朋友。」

發麻的頭皮在慢慢剝落。

「我姓肖，全名肖江楠。我的媽媽，她叫謝雨！」

天地顛倒，頭暈目眩。

「而我的親生父親，他叫肖默！」

一切聲音都在消失，空氣如同靜止。片刻後，周邊的鼓噪又泄入耳際，如同隱隱轟動的悶雷。

「這不可能！」肖默彈身而起，「我……妳是……怎麼可能……怎麼可能?!」

「還記得這個嗎？」眼淚積蓄在理智的邊界，江楠將左手緩緩伸出，雪白的腕間綁著一根早已褪去顏色的繩子。讓他吃驚的是，原先被繩子覆蓋的地方，有一圈淺淺的印記。肖默記得，自己女兒的腕間和她一模一樣，都有這麼一道細細的胎記。

江楠緩緩將繩子解了下來，放在面前，如同命運之繩一般羈絆著彼此。

眼前這個通過「M」認識的女人……是自己未來的女兒？

他欲聾欲啞，毛孔發抖。

「不可能……妳不是曲……這絕對不可能……這……」

隔著眼淚般的薄膜，她茫然地望著那個驚慌失措的男人。

「我不是曲思靜，現在的我，是肖江楠。三十年後的今天，我死了。」

⌛ ⌛ ⌛

一場夢一樣……

黑暗中，聽到了行人的尖叫聲。

地面在微微振動，好像有人跑了過來。

「糟了，她已經沒有心跳了！」

我死了嗎？

沒有光的世界一切都那樣模糊，可全身卻感覺在有規律地起伏，好像有人在為自己做著心肺復甦。

「別圍著！趕緊聯繫救護車，快！」

是那位大叔的聲音。

四周又傳來了路人的嘈雜聲。

像等了很久，又像是一瞬間，自己的身體被人抬到了擔架上。

我會死嗎？要是死了多好……嗯，謝謝你們呢！還在努力救我……可惜我早就死了，死了很久……

才幾秒的光景，感覺過了很多年。

耳畔周邊是一片汪洋的聲音，輕輕搖曳著鼓膜。江楠察覺渾身被柔和的薄膜緊緊包裹，隔絕了外部的溼氣和溫度，有如母體般的安全感。這裡的時間彷彿變成了虛無，她就這樣在無邊的黑暗中漂浮，感受著潮漲潮落。

遽然，眼前出現了光明，眼球感到一陣失明般的刺痛。視網膜在拉扯中慢慢適應，她努力探索著周圍，應該是在醫院。她看到了拿著器械的手術醫生、一旁觀測儀器的護士……

等等，為什麼自己是倒立著的呢？而且身體也在移動，彷彿被人拎著……喂，放我下來好嗎？至少也別倒拎著我吧！

江楠喊不出話，只得任由別人將自己提來提去，好半天，才回到了頭朝上的姿勢。這時她已來到了一個小房間中。眼前隔著玻璃，她看到那頭站著一個男人，隱約中，他的目光彷彿透過玻璃擁抱住自己，充滿著感恩與欣喜……

畫面忽然被阻斷，變回漆黑。

許久，在黑暗包裹中，一個纖弱的身軀隱隱浮現，慢慢清晰。驀然間，遠方光明點亮了她的臉頰。那個江楠，正雙手撫掌，虔誠合十，低頭禱告著什麼。

希望有朝一日，能見到親生父親……

一道火流星從天際驟然降下，向身後夜空劃去，點燃了整片黑暗。蒼穹在流光溢彩中不斷變換，彷彿每一個五光十色的餘燼中，都是分解出的時光，它們帶著生命熾熱的溫度，振動著整個夜空。短暫漫長的人生如電影一般在快進中不斷分散，布滿了整個視網膜。越來越近，越發清晰……

希望有朝一日，能見到親生父親！

「久等了！」

現實中，男人的聲音撲面而來，打斷了江楠的惝怳，她顫抖著深深呼吸，凝目望著那個方向。直到現在，她依舊詫異出現在了這個男人面前，但又知道這是自己的選擇，亦或是命運的安排……因為那副眸子，只需一眼，就能認出是父親年輕時的樣子。她不禁想起了那張拍立得照片，已有身孕的謝雨當時笑得那麼甜蜜，而一旁輕輕將她擁住的肖默，就是眼前這個早已背叛婚姻的男人。

⌛ ⌛ ⌛

搶救室中的心跳檢測儀器發出持續的「嗶」聲，如蜂鳴般刺激著每個在場醫務人員的耳膜。

「已經沒有脈搏了，血壓也無法測量了……」

「沒辦法，患者送來時心跳就已停止，自主呼吸也沒有。」

「呼吸機的氧氣供上了嗎？」

「供上了！」

「腎上腺素呢？」

「已經注射了！」

江楠周身插滿了管子，一動不動地躺在手術臺上。手術燈從頭頂落下，將她打在中間。

「該死！瞳孔已經放大超過了五毫米（公釐）……」

一名上了年紀的醫生拿著手電筒，不甘心地照射著。

⌛ ⌛ ⌛

「江……江楠……」看著捂住眼睛的女兒，肖默不知該做些什麼，他堪堪站起，又緩緩坐下，「眼睛很疼嗎？」

江楠抬眼看了眼時間，自見到肖默已經過了三十分鐘：「我的時間，恐怕不多了……」

「時間不多了？妳……」

話音未落，面前江楠的眼球如同遭到了強光照射一般，瞳孔縮成一點，嚇得肖默大驚失色，將手邊的杯子碰出茶几，碎了一地。

⌛ ⌛ ⌛

搶救室中。

「放棄吧！病患失血過多，心臟已經停跳了整整三十分鐘。」

「不可能的，腦波明明還有！」

「有些患者在死後大腦仍會殘留磁場，以目前情況看，腦死亡已經不可逆。」

「我難道不知道嗎？」那位老醫生大聲呵斥，將手指向一旁的顯示儀器，「你看她的腦波，從剛才到現在，所呈現的波形分明和正常人無異！」

「主任的意思是……」

「都給我讓開！」老醫生將面前的助手撥開，抄起心臟除顫器，大聲喝道，「上電流！加到最大，給我上！」

⌛ ⌛ ⌛

「啊！」

江楠捂住胸口趴在桌上，表情痛苦不堪，卻仍舊用手阻止打算上前攙扶的肖默：「別碰我！」她搖搖晃晃，緩緩坐回凳子，急促喘息間，汗水已在額上聚集。無形中，有股力量拉拽著她，眼前的現實感彷彿被無聲地吸入黑洞，哪怕拚命掙扎，試圖抓住周圍的空氣，卻是徒勞。

「你給我聽好！」

肖默嘴巴微張，想說點什麼，卻連「對不起」、「是我的錯」這些話都卡在喉頭，講不出來。他眼眶早已泛紅，重重點頭：「妳說，妳說出來！我……我在聽！」

「是你，讓我媽媽對生活絕望，但她……仍希望我保留對你哪怕一丁點的幻想……更擔心我一輩子活在陰影中才選擇了隱忍承擔……我沒她這麼偉大，我恨你，永遠恨你！雖然你已經死了，但在你自殺那天，也間接剝奪了我在另一個世界的人生……啊！」

江楠再次捂住胸口，痛苦地伏在桌面。很快，她掙扎著將頭抬起，拚命注視於他，視線早已模糊不堪。

肖默用雙手捂住顫抖的嘴唇，承受著來自遙遠歲月的拷問。他努力注視著這束即將消失的眸光，唯恐錯過了絲毫，錯過兩人在未來本該共同背負的人生。

「我雖然是被車撞死……但真正剝奪我生命的人是你！你沒有資格做人父親……無論現在未來，身在何處，我永遠都不會……原諒你！永遠都恨……啊！」

如同一拍休止符，江楠僅存的氣息戛然而止。她雙眼一閉，癱倒下去，沒有光的世界中，意識有如錯覺般迅速飄遠，只剩下肖默無力的呼喊聲。

⌛ ⌛ ⌛

搶救室中。

「病患有心跳了！」

「血壓脈搏也在恢復！」

老醫生放下除顫器，擦拭著額頭上的汗水：「剛才我說什麼，不能放棄啊！」

「主任您真厲害啊！」年輕的男醫生靠了過來，「剛才這位病患的心臟停了三十多分鐘，幾乎失去了其他生命體徵。從某種意義上，那時她已經不存在這個世界上了，硬是被老師從鬼門關給拉回來了呢！」

「所以啊……有些東西在科學上根本無法解釋，我們要相信奇蹟。」

「對，對……主任快看，患者動了一下！」

「真動了呢！看來在逐漸恢復意識。」

「太好了，相信不會留下什麼後遺症，真是萬幸啊！」

「嗯嗯，主任今天可累壞了，一會兒下班我請客，請大家好好吃一頓！」

「那我就不客氣了！」

「哪裡哪裡……咦？」

「怎麼了？」

「主任，她好像在流淚……」

「是啊，怎麼會呢？」

「可能慶幸自己能夠生還吧！」

老醫生點點頭，又感到疑惑。

「不對啊！按理說應該不會有任何意識的……奇怪……」

「或許，她做了一個很長的噩夢吧……」

⌛ ⌛ ⌛

夕陽垂垂西墜，已沉入地平線。綺麗的晚霞如謊言一般在頭頂上散開，又被稀里嘩啦地揉成一團。漸紫的暮光下，天空彷若夢中的顏色。街道上，有個男人放聲大哭，拚命奔逃。他撞開人群，又被人群帶倒，仍掙扎爬起，邁出重重的步子。

那一刻的世界，如同一個幻覺。雖不斷奔跑，卻永遠趕不上已逝的時光。

⌛ ⌛ ⌛

「快看！是爸爸，爸爸回來啦！」

客廳沙發那邊，謝雨喜上眉梢，對懷中那小小的身子說道。

面對妻子和女兒，肖默只站在門邊，遠遠望著。

「爸爸為了妳，每天工作都可累啦！」謝雨將女兒的小手輕輕握起，那只有淺淺胎記的手臂在空中不斷畫圈，「快告訴他，爸爸你辛苦啦，我們都好愛你啊！」

肖默真想狠狠抽自己一耳光。他顫抖著僵在玄關，躲在陰暗處，似乎並沒有勇氣走進來。

「老公……」謝雨察覺異樣，將目光認真投了過來，「今天累壞了吧！」

「我能抱抱她嗎？」肖默鼓起勇氣，邁開沉重的雙腿。

每一步，彷彿都踩出了回聲。

「當然啦！怎麼感覺你怪怪的……咦？你這一身是怎麼搞的。」

「摔……摔了一跤。」肖默拍了拍手上的汙漬，連忙接過懷中的女兒。那眼神如穿越了時光的阻隔，與他的視線重合在了一起。流光一瞬，全身每個細胞都認出了她。

「寶貝，現在是爸爸在抱妳呢！」

謝雨這句話讓肖默再也沒能忍住，淚如雨下。

「老公，你怎麼了？工作……還是身體不舒服嗎？」

「沒有，沒有……」肖默連忙否認，輕輕拭淚，「就是，就是忽然感覺好幸福！有妳們在，我真的好幸福！」

謝雨漾著笑意，輕輕將丈夫擁住：「我也很幸福嘛！」她望了望懷中的女兒，抿嘴甜笑，「寶貝也很幸福！」

肖默倏地想到了什麼，繼續用左手小心托著女兒，右手伸入褲兜，摸出了那樣東西。一根尼龍繩被慢慢繫到女兒手上，與腕間那道胎記重合在了一起。

「這是……」謝雨疑惑著。

「是我和她的羈絆。」肖默沒有抬頭，繼續凝視著懷中的女兒。

謝雨微笑著頓開眼角：「瞧你……」

「謝謝妳！」

「啊？」

「嗯，謝謝妳！」

「哎，怎麼今天你這麼奇怪？」謝雨疑惑地擠著那雙核桃狀的眼睛，卻見丈夫仍舊一副沉浸在幸福中的模樣，笑著搖了搖頭。倏地，她想到了什麼，「對了，正事差點讓我給忘了！」

「哦，怎麼？」

「今天醫院打來電話，得在明天將寶貝的名字取好，不然就耽誤上戶口的事了。」謝雨盯著丈夫，嚴肅起來，「老公你看上次我們想的那幾個名字……」

「就叫江楠吧！」

「江……楠？」

「嗯，肖江楠。」肖默肯定點頭。

他帶著憧憬，再次望向懷中。凝眸間，勝過千言萬語，重新撥動了靜止的時間。

從今往後，妳就是她了。

☼尾聲（side A）

「來！靠近一點，準備——哎，肖爸爸的表情請再自然一點！」

眼前的相機一字排開，如黑黝黝的炮筒般紛紛對準自己，肖默微微修正著自己僵硬的笑容，可嘴角的咀嚼肌早已酸痛無比，就要沒了知覺。

「好，一——二——三！」

唏嚓——

「很好！」攝影小哥反戴著平沿帽，他邊檢查手中的相機，邊向肖默一家比著「OK」。

「親愛的，今天好漂亮！」伴娘從一旁上前挽住肖江楠的手，連聲讚嘆，她從中學時就是全班公認的「班花」，也是肖江楠最要好的閨蜜。

今天肖江楠穿上了那套平日裡最喜歡的漢服，藕色上襦搭配著綠色下裙，莊重中透出一股古典美。

「寶寶我哪天不漂亮？」肖江楠衝伴娘打趣。

「是是是，誇妳兩句還臭美了？」

「妳也得抓緊！」肖江楠一副過來人的口吻，「幾個姐妹就差妳了。」

「最近妳怎麼比我媽還要囉嗦……」伴娘直翻白眼，「什麼時代了，又不是非得嫁人。再說就我這條件，還不信手拈來！」

「妳也不讓我省省心，高傲得快發霉了，當心砸手裡……嗚啊！」話音間，肖江楠的臉頰被她粗暴地用指尖捏住，「妳個白痴，老娘的妝要花了！」

「哈哈哈哈……」

兩人互扮鬼臉，被閨蜜們圍在一起，大家嘻嘻哈哈，打鬧成片，彷彿又回到了中學那段時光。

攝像小哥拍著手：「時候不早了！新郎已經抵達酒店，請新娘也趕緊出發，還得換婚紗補妝。」

肖江楠將寬大的下裙輕輕提起，在簇擁中剛要舉步，卻忽然回頭。

「爸，你幹嘛呢？」人群間隙中，眼見肖默還坐在沙發一角，肖江楠大聲喊道。

「妳和媽媽先去，我一會兒坐妳侯叔叔的車過來！」

侯得星坐在肖默身旁，笑嘻嘻地回應：「妳爸爸呀，就放心交給我吧！」

「不行！」肖江楠褰裳躩步，衝他們走來，「得和我們一起！看你剛才那些照片，就沒哪張不怪的，還不趕緊去酒店多補幾張，門口的迎賓背景牆還是我請侯叔叔親自設計的！」

侯得星如盟友般與她對視一眼，煞有介事地豎了個大拇指。

「今天就放過我吧！」肖默佯裝腰酸背疼，向一旁謝雨遞去求救的眼色，「妳又不是不知道爸爸最不喜歡照相。」

「一會兒媽媽來陪妳。」謝雨笑著接過話，「就饒了妳爸吧！」

「我不管！」肖江楠誇張地鼓著眼睛，使勁拉住肖默的手，像個孩子般撒起了嬌，「一起來嘛……一起來嘛……」

「好好好。」肖默臉上寫滿了投降，「都是大姑娘了，整天像什麼樣子！」

「妳問我像什麼樣子啊？」肖江楠眼睛咕嚕直轉，衝他扮起鬼臉，「還不是像你這樣子！」

話音未落，大家一陣哄笑。

來到社區門口，樂隊整齊奏響了歡快的旋律，兩旁彩帶衝天而起，直嚇得肖默一個激靈。

「遭了！」他大叫不好。

「怎麼？」身旁謝雨問道。

「胸花……那個胸花好像忘帶了！」肖默連忙指著謝雨胸前那朵，目光卻繞到身後的二老身上。此時父親那雙眸子雖已失去了曾經的神采，仍透出一股審視錯誤的嚴肅。

「這麼大件事都能忘……」話音剛到一半，肖赫的眼神在瞬間鬆弛，連忙衝肖默遞去另一個眼色。

「爸你故意的吧！」隊伍最前面的肖江楠回頭過來，衝他投來懷疑的目光。

肖默停下腳步，一臉抱歉：「這樣，爺爺奶奶，還有媽媽先陪妳去酒店，我隨後就到！」言畢，他迅速退出了前進的隊伍。

步出電梯，肖默打開門，由於跑得急，早氣喘吁吁。隨著「哎喲」一聲，他一屁股陷進沙發，明顯感到體力不復當年。想想也如是，從昨天一早，他就開始為婚禮忙前忙後。雖然整個流程都是以男方操辦為主，但光接待單位同事，招呼遠道而來的親朋好友就夠他受的。今天凌晨五點不到，家裡就被女兒邀請來參加迎親的閨蜜擠滿，睡眼惺忪中，一張張面孔青春無敵，彷彿都有用不完的精力。大家在屋內放肆嬉鬧，把新郎折騰了半天才肯放過，而現在人去樓空，家裡又顯得格外冷清。一想到女兒今後就將離開自己，和另外一個人生活，欣慰之餘，也不免失落。

須臾，肖默就起身進入臥室。他記得昨天胸花應該放在床頭櫃裡，遺憾的是，翻遍了抽屜，提前放好的胸花卻不翼而飛。他又打開了衣櫃、斗櫃，衝著所有抽屜一陣翻找。不過一會兒折騰，地上就被翻出的物品堆滿，看著滿屋狼藉，肖默手忙腳亂，額頭隱隱滲出了汗。忽然，他想到了什麼，朝自己褲袋中狠狠一摸，兜裡放的不是胸花又是什麼！肖默自嘲地搖了搖頭，正欲走出臥室，有件東西卻留住了他的腳步。

牆角邊，一個音樂盒靜靜躺在地上。

肖默記得，那還是女兒滿周歲時的禮物，他不禁蹲下身將它輕輕撿起，擦拭著上面的灰塵。樺木質地的盒身光澤不再，早已附上了歲月的痕跡，不過隨著盒蓋緩緩打開，芭蕾舞者在磁鐵的吸附下筆直挺立，纖細的身軀依然保持著蓄勢待發的姿勢。眼前這件玩意兒，有種使人平靜的魔力，他捏住發條位置，順時針旋轉幾圈，鬆手……

零部件在互相碰撞，發出碎片般的和弦拼湊聲，隨著〈夢中的婚禮〉輕輕鳴響，潺潺流出的音符，仿若流逝掉的時光。此刻，肖默能看到音樂盒的另一頭，剛滿周歲的肖江楠當時那副歡欣鼓舞的面孔。

心與記憶在沸騰，肖默卻安靜地望著。

人生這條路上，任何人都無法預知將在何處拐彎。肖默在每一個路口都會張開雙臂，擁抱這一切。他悄悄幫女兒擦掉成長中的眼淚，忍不住想將好多禮物塞進她的懷裡。在她每一次哭泣時都感同身受，在她每一次被欺負時都挺身而出。每一次凝視，每一個擁抱，都彷彿能靠近「她」的時光……曾經，當截然不同的人生在那一刻離你很近很近時，一切還歷歷在目，歸咎於自己，曾按下過那個錯誤的開關。他不知道也不敢去想，曾經那個江楠在未來過得怎樣。而這個時空當一切重新回到原點，自己有且只有一次機會，去改變曾寫好的劇本。

時光幻夢荏苒，被歲月轟鳴碾過。肖默看著女兒慢慢成長，陪著她一路嬉鬧，悄悄在生命各個角落埋下了名叫「彌補」的註腳。既然過去無法改變，就只能守住未來，他將當年江楠的所有苦痛都背在了身上，只為向她展示一個更美好的世界。每個夜晚，他會唸著故事，讓她在童話的世界中甜甜睡去；每個聖誕節，他都提前準備，悄悄將禮物塞滿衣櫃。嬉戲時，他時常悄悄躲在社區那幾處巨石後面，又突然出現製造驚喜。到了週末，他不再埋首工作，選擇駕車駛向遠方。夜幕掩下，他們露營在郊外，一起看著夜空被星辰漸次填滿，直到睡著……每個平凡的瞬間悄悄到來，又很快逝去，都變成一家三口幸福的回憶。肖默就像恍悟後的西西弗斯，在一如既往的平淡中，認真感受著生命的意義。

單位這邊，在女兒還很小時，鄭翔就因幫領導背鍋，降職成了一般員工。有次過生日，他請部門同事喝酒唱歌，九點不到，人就走了大半。看著落寞的鄭翔，肖默有一絲感同身受，索性留下和他喝了起來。借著酒勁，兩人開始互訴衷腸。鄭翔絮絮叨叨，稱自己從小成績就不好、個子不高、很自卑，沒什麼女生喜歡他。那時，他總羨慕成績好的學生，彷彿他們都帶著與生俱來的光環。所以為了能在功課上得到幫助，時常將他們捧得高高的。大學畢業後好不容易找到一份體面的工作，又不得不去捧領導的臭腳。他稱這輩子活得唯唯諾諾，習慣了沒有尊嚴，沒承想還是落得這樣一個下場。他還說很羨慕肖默，都是一副清高姿態，從不用看別人臉色，活得自在豁達。那一晚，聽著這個曾經最討厭的人大倒苦水，肖默卻解開了內心的疙瘩。釋然的他，和解了許多東西，與鄭翔慢慢成為了朋友。

肖江楠念小學的一個夏天，暮蟬的合唱聲剛剛停止，家中養的小白兔就死了。肖默牽著女兒，把小白兔帶到山上埋了起來。在得知牠將在另一個世界幸福生活時，肖江楠嘴角再次露出欣慰的笑靨。下山時，他倆一前一後，波瀾壯闊的高積雲下，父女腳下的路無聲無息地重合在了一起。

中學那年，肖江楠在全班的簇擁下展示著鋼琴獨奏。肖默擠在人群中踮著腳，手拿攝影機唯恐漏掉這一幕。當時，她身上那件雪白的紗裙映入眼中，美得就像公主一樣。也是那一年，某晚放學父女兩人在一片荒蕪的廢墟中穿梭。漆黑的夜晚無星無月，肖默察覺緊握的那雙小手有些冰涼，遂告訴她不要害怕。可行至半道，忽見一個醉漢就坐在路邊，空洞的眼眶死死衝著他倆。當時肖江楠躲在他身後，將自己抱得死死。那一刻，肖默決定就是豁出性命，也得保女兒周全。所幸那個醉漢並沒有做什麼，只望了望，就悻悻將頭埋進了黑暗中。

時光倏忽而過，繼續延展，三十三年一遇的「獅子座」流星雨再次降臨。那晚他們來到天臺，一家望向星空。當火流星再次劃過蒼穹，他忽然牽住了謝雨的手，閃回起第一次牽手時的那個夜晚，感慨著時光的因果。一旁肖江楠則眨著眼睛，興奮地抱著一隻收養回家的小花貓。她告訴兩人，其實「獅子座」的亮星均位於銀河系獵戶臂附近，距離地球幾十上百光年，他們的運行軌跡永遠不可能與地球產生交集，是因為流星的方向正好來自「獅子座」，才讓當時的人們有了這個錯覺……

畢業後，女兒找到一份穩定的工作，宣布有了男朋友。眼前，那個男生高高大大、眉清目秀。肖默有些印象，似乎是女兒中學時的同桌，時常就在樓下等她，還總穿著一身白色的T恤。肖默方才恍悟，還在那時，她就已搭上了一輛與自己漸行漸遠的列車，總有一天，女兒會離開自己，牽起別人的手，步入婚姻的殿堂。他不甘心，卻清楚自己正等待這天到來……

和弦聲戛然而止。恍惚中，肖默眼球表面已悄悄覆蓋上了一層名叫眼淚的膜。

酒店禮堂內，起坐喧嘩、眾賓歡騰。鐳射燈群在大家頭頂一掃而過，快速切分著空間。隨著光束在黑暗中不斷盤旋，室內被映照得五彩斑斕，莊重的旋律徐徐演奏，賓客們紛紛落座，安靜地將目光投向禮堂入口。光束簇擁中，大門在旋律高亢處朝兩側緩緩打開，肖默挽著白紗素裹的肖江楠緩緩步入會場，掌聲適時響起。在眾人的注視與祝福中，肖默緊緊抿著嘴唇，表情顯得嚴肅，又有些緊張。大門離禮臺不遠，他卻走得很慢，似乎格外珍惜這段旅程。深紅色的地毯上，這個男人將攙扶的右手始終保持平直，擋在肖江楠身前，小心翼翼的樣子如同保護著前世的戀人。

看著聚光燈下的那個身影，席中的侯得星不自覺地正了正身子。他倏地想到昨晚，和肖默不經意地聊到許多過去的事。可不知為何，當談及女兒時肖默卻忽然沉默，沒來由地說了聲「謝謝」。他不禁納悶，就幫忙設計個婚禮背景牆而已，至於如此鄭重其事嗎？不斷客氣下，卻收到對面一個意味深長的微笑。不過說到感謝，侯得星不得不提到一個人。今天坐一桌的，除了曾經的同窗，連黃老師也來了。這些年，他一直沒有結婚，將所有青春都奉獻給了教育事業，直到前幾年才退了休，現已桃李滿天下。甚至聽說，連肖江楠也曾是他教過的學生，讓人不禁唏噓光陰的腳步。不過歸咎於過往那些恩怨，坐到一起的兩人有些尷尬。本來同窗重聚，大家說說笑笑互吹牛皮，彷彿又回到了那些青蔥歲月。侯得星卻不時瞥向身邊，見黃老師頭髮已經花白，早已不是原來那個追著他滿教室跑的「雞蛋黃」了。這當口，黃老師也察覺到了他的視線，轉頭過來。兩人互相望望、禮貌頷首，又再次和身旁的人談笑風生。侯得星暗自估摸，等會兒敬酒時一定得當著所有同窗的面，向他鄭重道個歉。

儀式繼續進行，在司儀引導下，父女倆來到禮臺前站定。滾滾乾冰突如其來，五彩泡沫騰空而起，無數光束覆蓋眼前，一片白熾中，新郎的身影在逆光中緩緩靠近。肖默接過遞來的話筒，大腦繃得緊緊，全然忘了之前準備的臺詞。

「希望你能，好好對她……」承受著全場的目光，他慌亂中重新組織，「那個，千萬別學我！」

嘩啦——

臺下發出會意地哄笑，旋即響起一陣掌聲。大家都知道，肖默和謝雨是圈子裡的模範佳話。兩人從校園就認識，不離不棄地走過了三十多年。執子之手，與子偕老，這可不是一句隨便說說的空話。這個未來的岳父想必故意通過反話，幽默地衝女婿施加壓力與責任。

「今天是我跟肖江楠在一起的兩千三百六十六天……」新郎眉清目秀，聲音洪亮爽朗，向他莊重承諾，「……過好往後的每一天，就是對雙方父母最好的報答。爸爸，請您相信我！」

燈光和掌聲見證著兩個男人間的囑託與承諾。

「好，請再一次用掌聲送給我們的肖爸爸。肖爸爸，請您就坐！」

肖默回到主賓席，像完成了重大使命一般，深深舒開一口氣。

「這兩天累壞了吧！」謝雨關切著。

肖默搖了搖頭，露出了輕鬆的微笑。他看著謝雨，見那雙眼眸四周早已爬滿了細紋：「妳才辛苦，這麼多年……謝謝妳！」

「我們是夫妻嘛！你不也為這個家付出……」

手倏然被肖默毫無徵兆地握住。

「在這個家中，其實你才是……真的，謝謝妳！往後的日子，我會繼續陪在妳身邊。」

「傻瓜，都過去了不是嗎？」謝雨指尖微微用力，反握著給出回應。

兩人的手緊緊相扣，但肖默卻微微回避她的目光，直到現在，他都為曾經犯下的錯感到愧疚。那個悲慘的人生仿如昨日，眼前的一切又宛若虛境。倒錯的時光中，他就快分不清什麼是真實，到底那天是真的遇見了未來的女兒，還是她的夢找到了自己……

不過，這些重要嗎？

寬敞的禮堂、絢爛的燈火、精緻的禮臺，這些是真實的；圍著主賓席的親人們，新郎身旁的女兒，眼前那個不離不棄的妻子，這些是真實的。比起曾經那些若有若無的名利慾望，家人才是任何都無法替代的。

禮臺上，新郎已經掀起了肖江楠的頭紗。肖默遠遠望著那個眸子，與當年那個女人一模一樣。此刻，這個世界的她正幸福地笑著。

☽尾聲（side B）

我被頭頂掃過的燈群嚇得慌忙落座，偷偷貓進了後排的黑暗中。從小到大，我都儘量不去引起別人注意，今天更是如此。一想到剛在酒店門口那一幕，仍心有餘悸。

「妳是……江楠？」

一個頭髮花白的男人站在我身後，我認得他。

「黃……黃老師……」

黃老師點了點頭，瞇著眼睛對我不斷打量。這副模樣與印象中那個「雞蛋黃」相去甚遠，可我不會忘記，中學那時他不到三十歲，還曾荒唐地將他看作自己的父親。

「妳……和她真像啊！」

我連忙用食指抵在唇邊，示意他別聲張。因為，這是段我從未存在的時光。

我叫江楠，這個名字是父親取的。他叫江華，打記事起，我就再也沒見過他。從小我和媽媽相依為命，她名字叫曲思靜，是個堅強樂觀的女人。生活在這個單親家庭中，我不時承受著周圍異樣的眼光和一些風言風語。可無論遇到什麼困難，媽媽都會告訴我生活總得在樂觀中繼續，否則困難就會張牙舞爪地耀武揚威。而父親到底是誰、為什麼離開我們，她卻從來不提。直到某天爭吵，她在告訴我部分真相後便遭遇一場車禍，將後半部分祕密徹底帶到了另一個世界。

為了生活，我兼職了一份婚外情調查工作。隨著委託，一個又一個家庭在我「引誘」下變得支離破碎。為此我並沒有感到內疚，畢竟當時覺得婚內出軌才是造成一切的原罪。某天調查中，我遇見了那個名叫廖航的大叔。曾經還在念中學時和他拉過勾，有著關於父親祕密的約定。那天，我終於得知父親原來是因自殺離開了這個世界。更令人吃驚的是他選擇自殺的原因不是其他，正是被別人曝光的婚外情！天旋地轉間，我窒息得難以呼吸，想逃離這個世界……但失敗了。淚水撐開眼瞼，活下來的我在搶救室中嚎啕大哭。據說，當時我的心臟一度停止跳動達三十分鐘。本來，我寧願永遠也別知道這後半部分真相，至少還能繼續苟活，也寧願就這樣隨母親而去……既然「活」了過來，冥冥中，一定有它的理由。

病床上的我回溯廖航叔叔說過的話。除了那些真相，他稱這世界上有個叫肖默的人，年齡與我相仿，是我同父異母的哥哥。沒錯，他就是當年我父親江華犯下的那個錯誤，只是因為自殺，才守住了這個祕密，讓那個家庭活在了美好的謊言中。為此我反覆思考：那些在婚姻中犯過錯的人雖不值得同情，但就不能給他們一次「贖罪」的機會嗎？如果當初能有一次回頭的機會，父親或許不會自殺，而自己也將是另外一種人生。就像肖默那樣的人生……

猛然間，我想到了謝雨。這個女人曾在三個月前找過我，希望我通過和一個叫肖默的男人展開一段「荒唐」的關係，令他懸崖勒馬。我拒絕了她，畢竟見面都是有風險的，所以我都不會接這類委託，而且那時我更不知道肖默竟然與我有著血緣關係。進一步瞭解中，我發現與其他原配不同，這個女人清楚自己想要什麼樣的婚姻，她認為丈夫並非始亂終棄之人，歸咎於他從小壓抑的性格，才造成了現在的「叛逆」。若要丈夫徹底回頭，就不能用普通的辦法，那只能換來表面上的和平，懾於家庭社會被壓抑下來的慾望只會一天天膨脹，讓婚姻變為不安的延續。不過她始終篤定地告訴我，如果肖默經不住誘惑，捅破了男女最後那層底線，也會毫不猶豫地跟他離婚……聽完這些話，我才發現與其說這個女人破罐子破摔，毋寧是種放手一賭的勇氣。這從她高考時故意「浪費」五十多分和肖默選擇同一所大學就可見一斑。後續瞭解中，我還驚詫地發現肖默居然曾和我是同一所中學畢業。據謝雨稱，當時這個男人還暗戀過我們班的班花——劉兮茹。無奈間我直搖頭，看來無論韓冰還是肖默，男人永遠喜歡那一類女生。

我決定幫助她。

我翻出媽媽曾經的證件，那還是在她年輕時考上的駕照，歸咎於相似的面孔，我成功以「曲思靜」的身分見到了肖默，在與謝雨的配合下上演了一段現實版《楚門的世界》。那天他有些緊張，一雙手總在神祕地摩挲，我知道他在摘除婚戒，假裝沒去在意。我打開空調坐於床墊，通過手機再次告知謝雨：如果反悔，計畫隨時都能停止。螢幕那頭沉默著，我清晰感受到了她當時矛盾的心理，而與之同時，螢幕後的那個目光早已迫不及待了。不過他顯然是心虛的，無處安放的視線總落在我膝蓋上，那裡有一道因車禍留下的傷疤。我佯裝洗澡，卻在盥洗室中偷偷穿好了衣服，並告知了謝雨當前的情況。謝雨失望地告訴我，這段婚姻結束了，讓我出去宣布他的「死刑」。意外的是，肖默竟然離開了酒店。當天晚上，謝雨轉來三萬元，我卻沒有收下，因為擔心的事很快便發生了，肖默果然沒能耐得住寂寞，仍隔三差五向我示好。在我告知謝雨後，她稱寧為玉碎不為瓦全，絕不自欺欺人。哪怕我和她心知肚明，繼續這種危險的考驗，這層窗戶紙被捅破是遲早的……好不容易有了第二次身孕的謝雨，只能在絕望中等待宣判。

就在這時，謝雨生下的是一個女兒，讓我萌生了新的想法。我決定放手一試。

那天，我在手腕間描上了一條淺淺的印記，假裝肖默未來的女兒回到三十年前，並將親身經歷悉數的「移植」進了未來的人生中。半真半假的敘述裡，我將父母的名字改成了肖默和謝雨，那位告知真相的大叔則由肖默好友侯得星「冒充」。自己也改名換姓，變成了肖江楠。說實話，我認為這並非表演，而是切身經歷過生死之人真的回到了過去，在向曾經那個不負責任的男人控訴。又或許是流星雨那晚許下的願望成真，才讓我得以見到曾經的「父親」。因為肖默的身形樣貌，應該是這個世界上最像我父親年輕時的人了……那副眸光，令當時的我無法分辨真假，一如十九世紀的人類曾認為那些近在咫尺的「饋贈」是來自於遙遠時空的「獅子座」。

這就是命運的安排。

我在「痛苦」中將一種叫「貓眼瞳」的隱形眼鏡戴在角膜上，模擬出瞳孔被強光刺激一般的效果，顯然騙過了肖默。在佯裝倒下後，我雖清楚他正不斷呼喚「江楠」的名字，意識卻有種飄遠的錯覺，發現世界從未如此安靜。黑暗中不知過了多久，直到我偷偷取下美瞳，以「曲思靜」身分再次睜眼時，他才驟然明白了什麼，逃也似的離開了。

回到家中的肖默為女兒繫上了一條尼龍紅繩，並決定為她取名「江楠」。在得知這一消息的瞬間，我激動得流下了眼淚，雖是為謝雨高興，更多的，卻是替那個孩子嶄新的人生感到欣慰。

後來我放棄兼職，接受了廖航叔叔介紹的新工作，待遇雖一般，但久違的踏實感讓生活又重新回到正軌。隨著時間推移，我逐漸明白了母親生前那些話的真意。或許從來就不存在什麼糟糕的人生，有的只是你在面對這種人生時的負面態度，所以樂觀未必能改變什麼，但至少能改變我們對這個世界的看法……可惜要再早些明白就好了。

肖江楠滿周歲時，我向謝雨寄去了一個音樂盒。老舊的玩意兒還是當年父親送的。聽謝雨說，她十分喜歡。幾年後某天，我突發奇想，又送去了一隻小白兔。後來上大學時，我索性放了隻小花貓在她家門口。十幾年過去，我始終堅信這個女孩正重新彌補著我過去的遺憾……

「那個，千萬別學我！」

哄笑和掌聲中，我回到現實。老實說，在接到謝雨邀請時我本沒有打算來，那個「江楠」早已回到未來，不該留戀這段時空，可最後還是來了。時隔多年當我再次望向謝雨，仍能清楚感受到這個女人對家庭和女兒執著的愛。那樣的眼神，讓我想起了曾經的母親，想起了她眼角栩栩如生的褶皺，還有那些清苦而寶貴的時光。

此時彩虹泡沫在空中飛舞，飄散的人工煙霧如夢似幻。禮臺上，新郎正向肖默莊重承諾，對面的肖江楠淚盈於睫，幸福早溢於言表。在遺傳的影響下，這孩子模樣和我當年一模一樣。她深情注視新郎的樣子，讓我再次想起了媽媽在流星雨那晚的話。

平行世界中，總有一個江楠是開心的。

要推理128　PG3126

要有光 FIAT LUX

我從未存在的時光

作　　者　陳俊霖
責任編輯　劉芮瑜
圖文排版　陳彥妏
封面設計　王嵩賀

出版策劃　要有光
法律顧問　毛國樑　律師
製作發行　秀威資訊科技股份有限公司
114台北市內湖區瑞光路76巷65號1樓
電話：+886-2-2796-3638　傳真：+886-2-2796-1377
http://www.showwe.com.tw
劃撥帳號　19563868　戶名：秀威資訊科技股份有限公司
讀者服務信箱：service@showwe.com.tw
展售門市　國家書店（松江門市）
104台北市中山區松江路209號1樓
電話：+886-2-2518-0207　傳真：+886-2-2518-0778
網路訂購　秀威網路書店：https://store.showwe.tw
國家網路書店：https://www.govbooks.com.tw
經　　銷　聯合發行股份有限公司
231新北市新店區寶橋路235巷6弄6號4F
電話：+886-2-2917-8022　傳真：+886-2-2915-6275

出版日期　2025年8月　BOD一版
定　　價　320元

讀者回函卡

Printed in Taiwan

國家圖書館出版品預行編目

我從未存在的時光 / 陳俊霖著. -- 一版. -- 臺北市：
要有光, 2025.08
面；　公分. -- (要推理；128)
BOD版
ISBN 978-626-7515-55-6(平裝)

857.7　　114006580